JN216848

回帰

警視庁強行犯係・樋口顕

今野敏

Kaiki

Bin Konno

幻冬舎

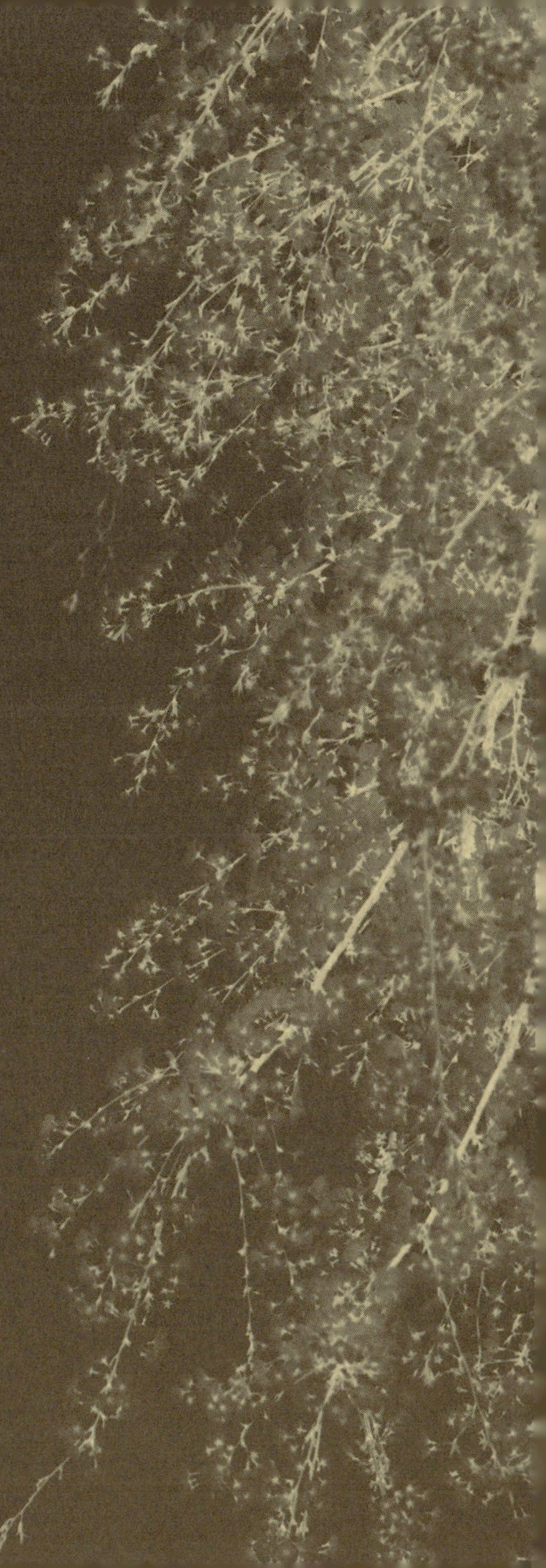

回帰

警視庁強行犯係・樋口顕

1

携帯電話が振動した。樋口顕《ひぐちあきら》は、内ポケットから電話を取り出した。同時に、ほうぼうで携帯電話が振動する音が聞こえる。

ただごとではない。

樋口は咄嗟《とっさ》にそう思った。警視庁刑事部捜査一課。殺人や強盗などの強行犯を担当する刑事部の精鋭たちだ。

樋口は殺人犯捜査第三係の係長だ。電話は、第二強行犯捜査担当の天童隆一《てんどうりゅういち》からだった。管理官席を見ると、天童の姿がない。出先からの電話のようだ。

「はい、樋口」

「ヒグっちゃん。都内で爆発が起きた」

「場所は？」

「四谷。大学の門の近くだ。どうやら自動車が爆発したらしい」

「すぐに出動します」

「頼む。一係と二係にも連絡した」

「特殊班は？」

「課長が第三係に連絡しているはずだ」

特殊班は、正式には特殊犯捜査係で、最近はＳＩＴという呼び名で知られている。特殊犯捜査第三係は、爆発や爆破の事件を扱う。

樋口の係に連絡が来たということは、人が死んだことを意味している。さらに、殺人捜査の他の二つの係にも連絡したというのは、大きな出来事だったということだ。

係員たちは樋口の電話の応対を聞き、すでに出かける用意をしている。

「四谷で爆発があった。出かけるぞ」

樋口が言うと、係員たちが一斉に立ち上がった。

捜査車両に乗り込むと、助手席の若い捜査員がスマートフォンを見ながら言った。

「あ、すでにネットにニュースが上がってますね。けっこうでかい爆発だったようです」

樋口は尋ねた。

「被害は？」

「詳しいことはまだですが……。映像がアップされてます。わあ、こりゃたいへんだ……」

「どういう状況なんだ？」

「おそらくスマホか何かで動画を撮ったんでしょうね。車が爆発しています。近くを通行中の車も巻き込まれていますね。被害者がどれくらいかは、映像からはわかりません」

樋口は後部座席に座っている。隣のベテラン捜査員が樋口に言った。

「現着前に映像を確認できるなんて、便利な世の中になったもんですね」

「そうですね」

捜査員の年齢が樋口より上なので、樋口は敬語を使っている。彼の名前は小椋重之《おぐらしげゆき》。五十歳の警部補だ。年齢のことなど気にしない係長もいるが、樋口はどうしても気になってしまう。

樋口が率いる殺人犯捜査第三係は、警部の樋口以下、小椋警部補、それに巡査部長六名、巡査及び巡査長が六名の合計十四名だ。

小椋警部補がさらに言う。

「自動車が爆発したとなると、テロかね?」

「どうでしょう……」

樋口は慎重だ。「これまで日本国内で自動車爆弾等のテロはまだありませんでした」

「何事にも初めてということがあるさ」

小椋の言うとおりだと、樋口は思った。今までなかったからといって、この先もないとは限らない。それが犯罪だ。

現代は、いつどこでテロが起きても不思議ではない。ボストン、アンカラ、パリ、ブリュッセル……。

イスラム過激派の爆弾テロは世界中に飛び火している。日本で起きないとは、誰にも言い切れないのだ。

「うわあ……」

運転している捜査員がつぶやくように言った。

捜査員の声に樋口は思わず身を乗り出し、フロントガラスから前を見た。

現場に近づくにつれて、混乱が見て取れた。消防車が土手の脇の細い道に並んでいる。救急車も見える。消火作業と被害者の救出作業が進められているようだが、どれも秩序だった動きとは思えなかった。それは被害の大きさを物語っているのだと、樋口は思った。

さらにマスコミたちが混乱に拍車をかけていた。上空ではヘリコプターが飛び交っている。消防車のすぐ近くまでカメラの放列が迫っており、テレビのレポーターが現場で中継を始めている。

この無遠慮で無秩序な連中がいなければ、どれだけ救出作業が円滑に進むだろうと樋口は考えていた。

頭上のヘリコプターの音さえ、連絡業務の妨げになるのだ。テレビ局のカメラや照明が歩道をふさぎ、中継車が道を占拠する。

大きな事件のときには、彼らをできるだけ遠ざけたいが、事件が大きくなればなるほど彼らは現場に近づきたがるのだ。

「仕方がない。歩こう」

樋口は車を降りた。徒歩で現場に近づこうとする。すると、樋口たちの素性に気づいた記者たちが群がってくる。

「何が爆発したんですか？」

「被害者数は？」

「これはテロですか？」

記者たちは次々と質問をぶつけてくる。

樋口は足早に歩きながら言った。

「わかるはずがないだろう。これから現場に行くんだ」

記者たちを振り切るために、樋口は駆け出した。小椋がいっしょに走りながら言う。

「記者なんて無視すりゃいいんだ。いちいち返事をすることなんかない」

それはわかっているが、樋口は無視できない。警察官の立場だけを考えていればいいのだが、どうしても記者の立場も考えてしまうのだ。

現場に近づくにつれ、混乱の度合いは高まった。ガソリンの強い臭《にお》いがした。そして何かの焦げる臭いもしている。タイヤや塗装などが焼けた臭いなのだろう。

そして、煙がたなびいていた。すでに火は消えていたが、煙はすぐには散らない。

消防士たちが大声を上げている。連絡や確認の作業なのだろうが、怒鳴っているように聞こえる。誰もが興奮している。

捜査員たちはまだ現場に近づけずにいた。背広姿の男たちが大勢、歩道にたたずんでいる。

樋口たちと同じ捜査一課の連中だ。

その中に天童管理官の顔を見つけ、樋口は小椋とともに近づいた。

「状況は？」

「おお、ヒグっちゃんか。今、消火作業待ちだ」

「火はすでに消えているように見えますが……」

「まだガソリンに引火する恐れがある。消防が鎮火を確認したら、まず爆発物処理班が現場を調べて、安全を確保する」

「目撃情報は？」

「機捜が初動捜査に当たった。まだ本格的な聞き込みは始めていない」

「軽傷者から爆発の経緯を聞けますね」

「ああ、そうだな。だが、治療が優先だ」

大きな事故や災害があると、被害者は分散して救急病院に搬送される。

「被害者はどの程度なんですか？」

「二名の死亡が確認されている。怪我人はわからん。ざっと見て十人はいないだろう」

被害者は思っていたほど多くはない。

「死亡者の身元は？」

「一人は大学の警備員だ。もう一人は通行人のようだ。学生かもしれない。今調べている」

樋口は現場となった路上に眼をやった。長年刑事をやっているので、爆発の現場も何度か見たことがある。火事の検証も強行犯担当の刑事の仕事だ。

そうした現場の中にはガス爆発などの事故現場も含まれている。だが、事件性のある爆発現場を見るのは初めてだと、樋口は思った。

まず眼に入ったのは、破壊された車両だった。それはすでに焼け焦げてひしゃげており、原形を留《とど》めていない。

爆発物処理班が、緑色の着ぐるみのような独特のスーツを着て作業に当たっている。その姿が、妙に滑稽に見えた。

樋口の頭の中で、時にこういうことが起きる。緊張を強《し》いられるような事態に遭遇したとき、何かを見つけて滑稽だと感じてしまうのだ。

他人にそのことを話したことはない。だから、それが自分だけのことなのかどうか、樋口にはわからない。

おそらく、極度のストレスを軽減させるための無意識の作用なのだろう。おかげで、樋口は周囲からストレスに強いと思われているようだ。

実はそんなことはない。人一倍心が折れやすいのだと自分では思っている。恐怖や緊張には弱い。

周囲からは冷静沈着だと言われることが多いのだが、実は心の中はほとんどパニック状態ということだってある。どうしていいかわからないから黙っている。それだけのことなのだ。

焼け焦げて原形を留めていないのが爆発した車両だろう。その近くに、比較的損傷が少ない車があり、それらは巻き添えを食らったのだ。

爆発に巻き込まれた車は二台。つまり、合計三台の車が破壊されたことになる。それらの車両には何人が乗っていたのだろうか。

死者は二名で、そのうち一名は大学の警備員だという。もう一人は何者だろう。

樋口は天童に言った。

「ここでこうしていても仕方がありません。我々は聞き込みに回りましょう」

消火作業や爆発物処理班による安全確認が終わっても、まず鑑識が現場の保存をして記録を取る。その作業が終了するまで刑事は現場に足を踏み入れることはできない。

よくテレビドラマなどで、鑑識が作業中の現場に刑事たちが踏み込んでいくシーンがあるが、実際にはああいうことはない。刑事はいつも待ちぼうけだ。

天童が樋口に言った。

「そうだな。現場検証は、特殊班に任せることにしよう」

樋口は天童に会釈した。

「では……」

樋口がその場を去ろうとすると、天童が言った。

「おい、ヒグっちゃん。ここ、あんたの出身大学だよな……」

樋口はうなずいた。

「そうです」

「さすがにヒグっちゃんだな。母校の惨事にも冷静だ」

2

別に冷静だというわけではない。どう反応していいのかわからないのだ。

知らせを受けたとき、現場は母校のすぐ脇だとわかった。だからといって、特別なことだとは感じなかった。こういう場合、もっと別な反応をすべきなのだろうか。樋口にはそれすらわからないのだ。

度を失っているわけではない。本当にどう反応すればいいのかわからないのだ。

樋口はもう一度会釈をしただけで、歩き出した。

「そうか。ここ、係長の母校だったんだ……」

小椋が言った。

樋口は係員が集合している場所へ足を運びながらこたえた。

「ええ。そうです」

「たまげたな。顔色一つ変えないんだもんなあ」

「そんな驚くほどのことですか」

「まあ、あらためてそう言われると、たしかにそのとおりなんだが……」

部下たちはいつになく緊張を露わにしている。彼らは、さまざまな事件に慣れている。少々のことでは顔色を変えたりはしない。

自分も彼らのような表情をしているのだろうか。樋口は、ふとそんなことを思った。

「周囲で聞き込みだ」

樋口は係員たちに言った。「詳しいことは、まだ何もわかっていない。どんなことでもいいから情報を集めてくれ」

部下たちはいつもの二人組で散っていった。樋口も小椋とともに聞き込みを始めた。

大学正門の隣に、オフィスなどが入っているビルがある。今では移転してしまったが、有名な料亭がそのビルの中にあった。

何か話を聞けるかもしれないと思い、そのビルに行ってみたが、有力な情報は得られなかった。

物音に気づいたが、それほど気にしなかったというのが大方の反応だった。周囲の住民や働いている人たちは、消防車やパトカーのサイレンでようやく何かただならぬことが起きたことを認識するのだ。

「あそこのホテルに行ってみましょう」

樋口は小椋に言った。大学の近くにあるホテルに向かう。

ホテルの従業員から話を聞いても結果は変わらなかった。警察や消防が駆けつけるまで、誰も異変に気づかなかった。

いや、正確に言うと気づいても、いつもと変わらない生活を保とうとしていたようだ。それが普通の人たちの、普通の反応だ。

身近に被害が及ばない限り、どんな事件が起きようとそれほど気にならないものだ。

聞き込みを始めて一時間ほど経《た》った頃、再び天童から電話があった。

「処理班によると、爆発の原因はどうやら爆弾のようだ」

「爆弾……？」

鸚鵡返《おうむがえ》しに言うと、その言葉に小椋が反応した。はっと樋口の顔を見る。

樋口は小椋にうなずきかけてから天童に尋ねた。

「テロということですか？」

「まだわからんが、その可能性は否定できないだろうね。公安の連中もやってくるということだ」

「テロ対策となれば、警備部も動きますね」

「いずれにしろ、話がでかくなりそうだ。現場を見ておくか？」

「すぐに戻ります」

樋口が電話を切ると、小椋がすぐに質問してきた。

「テロか……？」

樋口は周囲を見回した。そこはホテルのロビーだった。近くに人はおらず、話を聞かれる心配はなかったが、それでも樋口は安心できなかった。

どこで誰が聞いているかわからない。樋口は言った。

「とにかく外に出ましょう」

二人はホテルを出て、現場に向かって歩いた。樋口は小椋に言った。

「爆発の原因は、爆弾だったということがわかりました」

小椋は難しい表情になった。

「やっぱりテロだな」

「犯人の背景はまだ不明です」

「犯行声明があるだろうな」

「そうですね」

「大急ぎで、周囲の防犯カメラの映像をかき集めないと……」

小椋が言った。樋口は聞き返した。

「防犯カメラの映像を？」

「そうだ。テロとなれば、警備部や公安部が防犯カメラの記録を独占したがるだろうからね」

「たしかに公安は情報を共有しようとしませんからね……」

公安の秘密主義は徹底している。樋口はまだ公安の経験がない。公安捜査員は、隣の席にいる同僚が何を捜査しているのかも知らないと言われている。

時に、刑事部と公安部が合同で捜査をすることがあるが、そういう場合でも公安部は独自の情報を刑事に明かそうとしないのだ。

公安部の連中に言わせると、刑事たちの捜査は配慮に欠けるのだそうだ。自分たちは広範囲に、しかも緻密に目配りをしていると言いたいのだろう。

樋口は眉をひそめた。

「現場も公安の連中が来る前につぶさに見ておいたほうがいいですね」

「気にし過ぎもよくない」

「気にし過ぎですって」

小椋も苦笑した。

「係長だって、公安のやつらには痛い目にあっているでしょう」

別に痛い目にあっているとは思えなかった。ただ、時々不愉快なことがあるのは事実だ。やり方の違いは、どんな組織の間にもある。それにいちいち文句を言っていたらきりがない。

公安に対して不満を洩らす刑事は少なくない。そして、神奈川県警など、近隣の県警本部を批判する者もいる。

樋口も他部署や他の県警のやり方に腹を立てることはある。問題は、それを表に出すかどうかだと思っている。

不満や怒りを口に出せば、当然それに対する反論や報復もある。一歩引いてみれば、公安も他県警本部も同じ警察なのだ。やろうとしていることは同じはずなのだ。

方法論の違いなど、たいしたことではないはずだと、樋口は考えることにしていた。そのほうが、精神的にも負担が少ない。

現場にやってくると、すでに一係と二係の捜査員たちが現場を調べていた。

そこに樋口と小椋が加わった。

「自動車に爆弾を仕込んでいたようだね」

小椋が、一番損傷が大きい自動車を調べながら言った。

「そのようですね」

樋口がそうこたえたとき、一係の係長が近づいてくるのが見えた。塩崎祐司《しおざきゆうじ》警部だ。年齢は樋口より三歳上だ。

「ここ、あんたの出身大学だそうだな？」

塩崎に言われて、樋口はうなずいた。

「そうです」

「表通りのほうに教会があるが、あれは大学の教会なのか？」

「大学の教会というか、大学の母体となっている修道会の教会ですね」

「つまり、キリスト教系の大学ってことだな？」

「そうです。カトリック系です」

「……てえことは、宗教テロと見ていいんじゃないか」

「言いたいことはわかります。でも、そこは慎重にならないと……。犯行声明などを待つ必要があると思います」

「世界中で宗教的な過激派のテロが続発しているんだ」

「でも、日本でそうしたテロが起きた例はまだありません」

「これが最初の例となるかもしれない。今後、続発する恐れもある」

「そうですね……」

樋口が塩崎の言葉にこたえたとき、黄色いテープの規制線のところに黒いスーツの集団が姿を見せた。いずれもノーネクタイで、大半がマスクをしていた。

公安の捜査員たちだ。おそらく外事第三課の連中だろう。

背格好も髪型も似通っており、服装も同じだ。個別の捜査員の見分けがつかない。

彼らの一人が、天童管理官に何か話をしている。状況の説明だろうと、樋口は思っていた。

だが、そのうちに天童の顔色が変わった。

天童は、厳しい口調で何かを言い返した。相手はまったく表情を変えない。やがて、苦虫を嚙みつぶしたような顔の天童が大声で言った。

「おい、撤収だ」

刑事たちはその場で動きを止めて天童のほうを見た。

天童がもう一度言った。

「撤収だ。今からは公安の捜査だ」

小椋が樋口に言った。

「ほらね。先に現場を見ておいてよかったでしょう」

「小椋さんが言ったように、防犯カメラの映像が気になりますね。警備員に尋ねてみましょう」

「俺が行ってこよう」

小椋が大学構内に向かった。

爆発現場は、大学のすぐ脇だ。正門の近くだ。春には見事に桜が咲く土手の脇に道路があり、その路上が現場だった。

狭い一方通行の道だ。樋口が通っていた時代よりも歩道が拡張されていた。

大学には、卒業して以来、ほとんど足を踏み入れたことがない。同級生にもあまり会うことがないが、一人だけ、毎日顔を合わせている同級生がいる。

妻の恵子《けいこ》だ。大学のすぐ脇で爆弾事件があったことについて、恵子は何と言うだろう。

そんなことを考えていると、天童が近づいてきて言った。

「俺は取りあえず麴町署に詰める。ヒグっちゃんの班も来てくれ」

「一係や二係もいっしょですか？」

「ああ、そうだ」

もしこれが爆弾テロだとしたら、大きな捜査本部か指揮本部ができる。百人態勢だとしたら、本部からも五十人ほどの捜査員を出さなければならない。二百人態勢なら百人を投入することになる。

刑事部と公安部のどちらが捜査の主導権を握るかまだわからない。天童は端緒に関わった人数だけでも公安に負けたくないと考えているのだろう。

「わかりました。今、係員たちが聞き込みに回っていますので、それが一段落したら向かいます」

「了解だ」

それから天童は、しばらく戸惑ったような様子で立っていた。何か言いたそうだった。

樋口は尋ねた。

「何かありましたか？」

天童がこたえた。

「いや、何でもない。じゃあ、麹町署で待っている」

天童が歩き去った。樋口は、その後ろ姿を見つめていた。

3

樋口と天童は長い付き合いだった。

樋口がまだ駆け出しの刑事だった頃、天童と組んでいたことがある。天童は巡査部長だった。所轄の刑事課だった。

そこで、樋口は刑事のイロハを天童から叩き込まれた。

天童は当時から、面倒見がよく、新人の指導にはもってこいの捜査員だった。今でもそういうところは変わっていない。

管理官という立場になった今も、現場に足を運ぶことを大切だと考えているようだ。

天童は、殺人犯捜査の第一係から第三係までを担当している。特に樋口を特別扱いしているわけではないと思うが、やはり昔から知っているということで、何かと声をかけられることが多い。

樋口にしてみれば、天童は恩師とも言える。おろそかにはできない相手だし、樋口は今でも天童を頼りにしている。

規制線の近くにたたずみ、公安捜査員たちの仕事ぶりを眺めていると、小椋が戻って来て告げた。

「現場は大学構内ではないので、防犯カメラの映像はないということだね」

「そうですか……」

樋口は周囲を見回した。そして、土手の上を指さして言った。

「あの上に遊歩道があります。たぶん、千代田区の管轄でしょう。そこに防犯カメラがあるかもしれない」

小椋がうなずいた。

「行ってみよう」

土手の向こうにグラウンドがある。そこに通じるトンネルの脇に、土手に登れる小道があった。

「ほお……。見事なもんだね」

小椋にそう言われて、樋口は顔を上げた。

「見事……？」

「桜だよ」

そのときになってようやく、桜が見事に咲き誇っているのに気づいた。いや、とっくに眼に入っていたが、認識できずにいたのだ。

そうだった。

この季節には、土手に桜が咲き、同時にレンギョウも咲く。

桜色と黄色が美しい。レンギョウという花の名前を教えてくれたのは、たぶん学生時代の妻だ。

今日は四月五日。入学式も終わり、新入生のためのオリエンテーションが始まっているはずだ。学生が多く集まる時期だ。それだけ大きな被害も予想される。

「あ、あった」

小椋が街灯の支柱を指さして言った。「あの上のほうだ。あそこからなら、現場が写っているかもしれないな」

「至急、区に問い合わせてみましょう」

「誰かにやらせよう」

小椋が携帯電話を取り出した。係員に指示を出すのだ。それを見て、樋口は言った。

「ついでに、全員を呼び戻してください。麹町署に集合です」

「了解」

小椋がてきぱきと電話で指示を出す。間違いなく彼は三係のナンバーツーだ。小椋がいなければ、今ほど捜査は円滑に進まないだろう。

電話を切ると、小椋が言った。

「じゃあ、俺たちは一足先に麹町署に向かおうかね」

「そうしましょう」

樋口は眼を上げた。

小椋が言ったとおり、見事な桜だった。入学式の頃の気分を少しだけ思い出した。

現場到着当時に比べて、緊張がほぐれてきたようだ。土手を降りると、ふとマスコミの姿が見えないのに気づいた。

規制線が後退している。報道陣はその向こうに追いやられていた。

おそらく、公安がマスコミを遠ざけたのだろう。秘密主義の公安も、たまにはいいことをすると、樋口は密かに思っていた。

二人は徒歩で麴町署に向かった。どの道を通っても報道陣の中を突っ切ることになる。樋口は、大学の裏手から新宿通りに出る道を選んだ。

案の定、マスコミから質問攻めにあう。

「私は何も知らない」

樋口は、そう言って記者たちの間をすり抜けた。小椋は何も言わず、真正面を見つめたまま樋口の脇を歩いている。

俺より小椋のほうが、ずっと堂々としていて係長らしいじゃないか。

樋口はそんなことを思っていた。


麴町署ではすでに、講堂を用意していた。

小規模な捜査本部なら会議室で済む。だが、今回はそうはいかないことは、誰の眼にも明らかだ。

まだ椅子も机も運び込まれていない講堂に、捜査員たちが集まりつつあった。彼らは、係ごとに集まり、床に車座になっている。

天童が壁際に立っている。樋口と小椋はそこに向かった。

「もうじき係員たちもやってきます」

樋口は天童に言った。天童はうなずいた。

「ごくろう」

「防犯カメラの映像を入手できないか手配しています」

「防犯カメラ？」

「ええ。土手の上の遊歩道に一基ありました。たぶん、千代田区のものだと思います」

小椋が付け加えるように言った。

「公安の連中より先に入手したいと思いましてね」

天童はそれを聞いて、にやりと笑った。

「ぜひそうしたいものだな」

樋口は尋ねた。

「自動車に爆弾が仕掛けられていたということですが、その後何か情報は……？」

天童がかぶりを振る。

「特にわかったことはないんだが……」

樋口は、その先の言葉を待ったが、天童はそれ以上は何も言おうとしなかった。

先ほどから、ちょっと不自然な感じがした。何かを話したいのだが戸惑っている。そんな様子だった。

天童らしくないと、樋口は思った。

彼はもともと、細かなことを気にするタイプではない。

言いにくいことなのだろうか。もしかしたら、俺に対して小言でも言いたいのだろうか。樋口はついそんなことを考えてしまった。

小言なら、迷わずに言うはずだと、樋口は思い直した。天童は樋口の師匠とも言えるのだ。ならば、いったい何なのだろう。気になったが、樋口のほうから尋ねるのもはばかられた。話すのを戸惑っているのには理由があるはずだ。話すかどうかの判断は、天童に任せるしかないのだ。

それよりも、今は知っておくべきことがたくさんある。樋口はそう思い、質問した。

「被害者の数は？」

天童は即座にこたえた。

「死亡したのが二人。重傷者三名。軽傷が五人ほどだ。怪我をした人たちは病院に搬送された。今、捜査員たちが話を聞きに行っている」

重傷者からは話は聞けないだろう。それでも捜査員は会いに行かなければならない。万に一つでも可能性があれば足を運ぶのだ。

「死亡者の一人は、大学の警備員だったということですね？」

「ああ。長時間の路上駐車があるということで、様子を見に行ったんだ。もし、それが別の時間だったら、死なずに済んだものを……」

考えても仕方のないことだ。だが、時に人はそういうことを言いたくなるものだ。

「もう一人の死亡者は？」

「爆発に巻き込まれた車の運転手だ。今身元を割り出しているところだ」

「その車は、どういう状況で爆発に巻き込まれたのですか？」

「当該車両の脇をすり抜けようとした」

樋口の質問に、天童がこたえた。「そのとたんに、ドカンだ。避けようもなかっただろう」

「被害にあった車がもう一台ありましたね？」

「ああ。当該車両の近くに駐車していた車だ。こちらには誰も乗っていなかった」

「重傷の三名の身元は？」

「今確認している。一人は会社員、二人は学生だ」

「軽傷者五名は？」

「こちらは全員確認が取れている。五人とも学生だ」

内ポケットで携帯電話が振動した。

「ちょっと失礼します」

天童にそう断ってから電話に出た。相手は、係員の一人だった。

「はい、樋口」

「防犯カメラの映像が手に入りそうです。これから入手しに出かけます」

「映像はどのような形で保存されているんだ？」

「ハードディスクに記録されているようです」

「そのハードディスクごと借りられるのか？」

「はい」

「わかった。麴町署で待っている」

「了解しました」

電話を切ると、樋口は話の内容を天童に伝えた。

すると天童は満足げにうなずいた。

「公安の手に渡る前に、ＳＳＢＣに解析を頼みたいな」

ＳＳＢＣは、警視庁の捜査支援分析センターのことで、刑事部の中の組織だ。

かつては所轄ごと、あるいは捜査本部ごとにビデオの映像解析などを行っていたが、効率化のためにそれを一元管理することになった。それを担当しているのがＳＳＢＣだ。

映像解析だけでなく、プロファイリングなども行う。

樋口が記録媒体のことを質問したのは、注意しないと裁判での証拠能力が低下する場合があるからだ。

アナログとは違うものの、デジタルデータでも二次的複製品は証拠能力が落ちる。具体的に言うと、今回の場合は映像を最初に記録したハードディスクが最も証拠能力が高い。

それをＵＳＢメモリやＳＤカード、ＤＶＤなどの記録媒体にコピーするたびに証拠能力が落ちる。特に、捜査員がコピーしたものは証拠と見なされないことすらある。

データを改竄《かいざん》する恐れがあるからだ。

デジタルデータのコピーは、理論的にはオリジナルと同じはずだが、法律が現実に追いついていない例と言えるだろう。

いや、法律はそれだけ慎重なのだということかもしれない。データをコピーする際に悪意をもって改竄することはいくらでも可能なのだ。

樋口はさらに天童に尋ねた。

「爆発物処理班からは何か言ってきましたか？」

「現場で話を聞いただけだ。まだ詳しい報告はない」

「自動車に爆弾を積んでいたんですね？」

「それは間違いないらしい。だが、どういう爆弾なのかは、まだ報告を受けていない。爆弾のタイプによって、犯人の素性がある程度絞れるかもしれない」

「パイプ爆弾や消火器爆弾なら国内の過激派の可能性もありますね」

「ああ。活動はすっかり地味になったとはいえ、過激派はまだ存在している」

「国際的なテロに刺激されて、過激な活動を再開しないとも限りませんね」

机や椅子が運び込まれる。長机とパイプ椅子が並べられる。捜査員たちの席だ。

それらと向かい合うように横一列に並べられた机は、幹部席、いわゆるひな壇だ。

樋口は天童に尋ねた。

「捜査本部ですか？　それとも指揮本部でしょうか」

天童が難しい顔でこたえた。

「流れからすると、指揮本部になるかもしれないな」

大雑把《おおざっぱ》に言うと、殺人など過去に起きた事件の捜査には捜査本部、誘拐など現在進行中の事件の捜査には指揮本部が置かれる。

天童の表情が冴えないのは、指揮本部になると公安部の仕切りになる可能性が高いからだ。そうなれば、刑事は脇に追いやられることにもなりかねない。公安は徹底的に情報を秘匿するからだ。

講堂にはさらにスチールデスクも運び込まれた。これはいくつか集めて島を作り、管理官席や予備班の席にする。

続いて固定電話や無線機、ノートパソコンが運び込まれる。

どんどんと捜査本部、あるいは指揮本部の体裁が整っていく。

捜査員たちは、床から立ち上がり、長机に移動した。設営作業を眺めていると、樋口の部下たちが次々に戻って来た。

その中の二人が、ハードディスクを入手してきたと報告した。

それを聞いた天童が命じた。

「すぐにSSBCに解析を依頼しろ。最優先だと言え」

「了解しました」

戻って来たばかりだが、二人の部下はハードディスクを持って出かけていった。警視庁本部に向かうのだ。

樋口と小椋も、他の係の連中のように、捜査員席に移動して係員たちから報告を受けることにした。

4

部下たちが樋口のまわりに集まってくる。順に報告を聞いた。

めぼしい情報はなかったが、ある係員が言った。

「爆発が起きる前に、現場近くで、中東系の若い男を見かけたという人がいました」

小椋がその係員に質問した。

「爆発した車から降りるところを目撃したのか?」

「いえ、そうじゃなくて、あくまでも現場の近くで見かけた、ということらしくて……」

「念のために手配したほうがいいだろうな。その中東系の身元は?」

「不明です」

「目撃者は?」

「現場脇の大学の学生です」

「人相は覚えているのか?」

「どうでしょう」

「似顔絵を手配してくれ。ダメモトだ」

「了解しました」

話を聞きながら、その線は望み薄だと、樋口は思った。

樋口の出身大学は、国際的な雰囲気が売りだった。外国人の講師や教授も多いし、海外からの留学生もたくさんいる。

おそらく証言した学生は、ネットか何かで爆弾テロかもしれないということを知り、勝手に中東系と結びつけたのだろう。大学には、多くの中東系の人たちが出入りしているはずだ。

だが、樋口は何も言わずにいた。小椋の指示に水を差すようなことはしたくない。それに、もしかしたら、その中東系の男は本当に犯人かもしれない。

講堂内は、本部設営の作業や捜査員たちの話し声で賑やかだったが、急に静かになったので、樋口は何事かと周囲を見回した。

出入り口に、黒スーツの男たちが姿を見せた。公安の連中だ。現場を見終わってここにやってきたのだ。

総勢六人だが、状況によっては増援するはずだ。

どうやら、ただの捜査本部ではなく、テロを想定した指揮本部になるようだ。樋口は、そう思った。

黒いスーツの男たちは、真っ直ぐに天童に近づいた。

まだ、署長や本部の課長、部長などはやってきていない。その場で一番立場が上なのは、管理官の天童だった。

「付近で聞き込みをやったそうですね」

男たちの一人が天童に言った。その声が樋口がいる捜査員席まで聞こえてきた。

天童が渋い顔でこたえる。

「もちろんだ」

「何かわかりましたか？」

「いや。たいした情報はないね」

「たいした情報はない？　ということは、たいしたことはない情報はあるということですね。それを教えてください」

相手は、天童よりはるかに若い。樋口よりも若いのだ。

樋口は相手の態度が気に入らなかった。おそらく天童は樋口よりもずっと不愉快に感じているはずだ。

「あんたらに伝えるような情報はないということだ」

「情報の価値はこちらで判断します」

「まだ、捜査員たちが全員上がってきたわけじゃないんだ。幹部が来たら会議をやるだろう。そのときに情報を共有すればいい」

「そんな悠長なことをやっている場合ではないでしょう。テロ事案には迅速に対応する必要があります」

「テロ事案？　まだ断定はできないだろう」

公安捜査員たちは、互いに顔を見合った。天童の問いには誰もこたえようとしない。

「とにかく」

相手の男は言った。「何かわかっているのなら教えてもらいましょう」

この一言で、天童の我慢も限界に来たようだ。

「ふざけるな。現場から我々を追い出したかと思ったら、今度は情報を寄こせ、だって？　いったい自分らを何様だと思っているんだ」

大きな声だったので、講堂内に響き渡り、捜査員たちが何事かと注目した。

公安捜査員たちはそれでも平然としていた。相手の男は言った。

「我々は効率を第一に考えます。そして我々は刑事部よりもテロに関する情報を持っています。ですから、我々が対処するほうが効率的でしょう」

彼が言っていることは正論だ。反論がしづらい。だからこそ余計に腹立たしかった。

樋口は天童たちに近づいていき、言った。

「現場近くで中東系の男性を見たという情報があります」

公安捜査員らしい黒スーツの男が樋口を見た。

「あなたは？」

樋口は言った。

「自分から名乗るのが礼儀だと思いますが」

男は言った。

「外事第三課の佐藤《さとう》といいます」

まさか、偽名ではあるまいな。そんなことを思いながら、樋口は言った。

「捜査一課殺人犯捜査の樋口です」

「係長ですか？」

「そうです」

「その中東系の男性の年齢は？」

「詳細はわかりません。ただ、若い男性だったということだけはわかっています」

「目撃者は？」

「学生です」

「あの大学の？」

「そうです」

「その学生の名前は？」

報告するのが当たり前という相手の態度に、さすがの樋口も腹が立った。公安がどうの刑事がどうのという問題ではない。長幼の序を考えるべきだ。

「それは我々刑事が調べます」

佐藤は、淡々とした態度のまま樋口を見返していた。

「まだわかっていないようですね」

佐藤が言った。「この捜査の主導権は我々公安が握っているのですよ」

天童が言った。

「そんな話は聞いていない。いいか、我々が端緒に触れた。だから我々が捜査する。文句を言われる筋合いもなければ、公安に逐一報告しなければならない義務もないんだ」

「申し訳ありません」

公安捜査員たちの後ろのほうから声がした。

別の公安捜査員が一人、佐藤の脇に歩み出てきた。笑みを浮かべている。

「いや、こいつはどうも愛想が悪くて……。やる気があるのはいいんですが、周囲に敵を作りやすいやつなんです」

天童が尋ねる。

「あんたは？」

「佐藤と同じ外事第三課の柳瀬《やなせ》といいます。柳瀬泰彦《やすひこ》、階級は警部です」

「警部なら係長か？」

「いえ、残念ながら……」

柳瀬は柔和な表情で言った。「係長になれるほど人望がありません」

そう言いながら、樋口を見た。

俺だって人望があるわけじゃない。樋口は、心の中でそんなことをつぶやいていた。

柳瀬が天童と樋口を交互に見ながら言った。

「いきなりやってきて情報を寄こせじゃ、頭に来ますよね。まあ、我々も上から現場に行けと言われて飛んできたものの、実は何が何だかわからないありさまでして……。端緒に触れた捜査員から話を聞かないことには始まらないというわけです」

それを聞いて、天童が言った。

「上から現場に行けと言われた、だって?」

「ええ。私ら外事第三課は国際テロを担当してますんで……」

柳瀬は佐藤よりは明らかに年上だが、やはり樋口より年下のようだ。

天童がさらに言う。

「この事件がテロだという証拠でもあるのか?」

「いやいや、私らが証拠を握っているはずがないじゃないですか。言ったでしょう。まだ、何が何だかわからないんですよ」

柳瀬の表情は柔和だが、眼は油断なく光っている。

天童が言う。

「捜査の主導権を公安が握っていると、そこの若いのが言っていたが、それはどういうことだ?」

柳瀬は顔をしかめた。

「こいつの勇み足ですよ。まだ、刑事部と公安部のどちらが主導権を握るかといった段階じゃないですよ。あくまで初動捜査ですからね」

天童の興奮が収まっていく。最初から佐藤ではなく柳瀬が話をすればよかったのだと、樋口は思った。

いや、これが公安の策略なのかもしれない。最初に生意気な捜査員に話をさせて相手の感情を害しておいて、次に穏やかな者が出てくる。

そうすると、相手はガードを下げる。それを狙っているのではないか。

「こっちだって、まだ情報が整理されているわけじゃない」

「わかります。ただ、現時点でわかっていることはすべて共有しておきたいんです」

柳瀬はそこで声を落とした。「あなたが握っている、特別な情報も含めて」

そのとたんに天童の表情が曇った。樋口はそれを見逃さなかった。

天童は言った。

「何のことだ」

柳瀬は柔和な表情を崩さなかった。

「いやいや、例えば、の話ですよ」

柳瀬は明らかに何かを知っている様子だった。天童は先ほどから、樋口に何か話したそうにしていた。そのことと何か関係があるのではないか。

樋口はそう思った。

天童が言った。

「とにかく、まだ有力な情報はない。しばらく待ってもらう」

「いいですよ」

柳瀬は笑みを浮かべている。「私らもここに詰めますので……」

柳瀬が会釈をしてから天童と樋口のもとを離れていった。佐藤が、何か言いたそうな顔で天童を見ていた。だが、結局何も言わないまま柳瀬に従った。

公安捜査員たちは、捜査員席の最前列に陣取った。

樋口は天童にそっと言った。

「どうやら、あの柳瀬というのが連中のリーダーのようですね」

「ああ……」

天童が、どこか上の空といった態度で返事をする。

「たぶん、ゼロ帰りのエースなんじゃないでしょうか」

ゼロは、警察庁警備局警備企画課内にある係だ。公安情報収集を統括する。

サクラ、チヨダなどと呼ばれたこともある。全国の公安の事実上の元締めと言われている。

ゼロの研修を受けた公安捜査員は、作業を任される。独力で作業を遂行できる実力者を、公安ではエースと呼んでいる。

「作業」というのは、公安独特の用語で、情報収集活動のことだ。一般に使われる作業とは意味合いが違う。

天童は、周囲を見回してから言った。

「ちょっと来てくれるか……」

そう言って出入り口のほうに歩き出す。樋口はそれに続いた。

5

廊下に出ると、天童は言った。

「因幡《いなば》を覚えているか？」

「ええ……」

因幡芳治《よしはる》は、樋口の二年後輩だ。同じ部署でいっしょに働いたことはない。だが、因幡も天童の下にいたことがある。天童が管理官になる前のことだ。因幡も樋口同様に、天童の弟子ということになる。だから、面識はあった。

「先日、彼から電話があった」

因幡はすでに警察を退職している。辞めて十年ほど経っているはずだ。

「今、どこにいるんですか？」

「わからない」

「たしか、海外にいたはずですね」

「そう聞いている。だが、俺も詳しいことは知らない」

「用件は？」

「協力してほしいと言われた」

「協力……？　いったい何に……？」

「テロを防ぎたいと言っていた」

「テロを？　今回の事件と関係があるのでしょうか」

「電話が来たのは、三日前のことだ。タイミングから考えて、関係あると考えるべきだろう」

「今日が四月五日ですから、四月二日ということですね」

「そうだ。二日の二十三時頃のことだ。テロを防ぎたい。協力してほしい。因幡はそう言っただけだった。詳しく話を聞こうとしたら、また連絡すると言って電話が切れた」

「こちらから電話はできないんですか？」

「公衆電話からかけてきたらしい」

すっかり携帯電話同士の通信に慣れてしまっていた。電話がかかってきたら着信履歴が残るので、すぐに折り返し電話ができる。そう思ってしまうのだ。

樋口ははっと思った。

「柳瀬はそのことを……」

天童は、厳しい表情でうなずいた。

「そうとしか思えない」

「因幡からの電話のことを、誰かに話しましたか？」

「いや。これが初めてだ。つまり、ヒグっちゃんにしか言っていないということだ」

「ならば、柳瀬は知らないはずでしょう」

「どうかな……。相手は公安だ」

「知りようはないはずです。天童さんのケータイを盗聴でもしない限り……」

そう言ってから、まさか、と樋口は思った。

いくら公安でも、警察官の携帯電話を盗聴などしないだろう。

「だが、柳瀬というやつは、何か知っている様子だった。もしかしたら、佐藤も知っていたのかもしれない。だからあいつは、強気だったんだ」

「いや……」

樋口は思案しながら言った。「それは考え過ぎだと思います」

「そうかな……」

「それより、因幡のことが気になります。彼が天童さんに協力を求めてきたというのは、どういうことなのでしょう」

「わからん。だが、あいつにはよくない噂があった」

「よくない噂……?」

「海外を放浪した末に、国際テロ組織に入ったという噂だ」

「どういうテロ組織なんですか?」

「あくまでも噂だが、中東の宗教的な過激派だ」

ヨーロッパを中心に、世界各地でテロ事件を起こしている組織だろうか。

樋口は眉をひそめた。

「因幡は今回の爆破事件について、何かを知っている可能性があるということですね?」

天童はうなずいた。

「そう考えるべきだと思う」

「もし、因幡が本当に国際テロ組織のメンバーだとしたら、そのことを公安は知っているでしょうね」

「俺が噂を知っているくらいだから、当然公安の耳には入っているだろうな。そうなればやつらは裏を取る」

「こっちから尋ねてみたらどうです？」

「藪蛇《やぶへび》になるだろう」

「先手を打てるかもしれません」

天童はうなった。難しい判断だ。

「とにかく今はまだ、公安に話す気にはなれない」

「わかりました」

そう言うしかなかった。樋口には、天童のやることを批判などできない。

「もう一度電話が来て、詳しい話が聞けたら、その内容を伝えよう」

天童にそう言われて、樋口はなんだか共犯者の気分を味わっていた。

「わかりました。しかし、因幡が過激派のテロ組織に入ったというのは本当のことなのでしょうか」

「わからない。だが、考えられないことじゃない。あいつがどういうやつだったか、ヒグっちゃんは知ってるだろう」

「はあ……。まあ、ある程度は……」

「どうして警察を去ることになったかも知っているはずだ」

「はい」

「融通の利かないやつだった」

「それだけ正義感が強かったということだと思います」

「ヒグっちゃんは、いつも他人のいい面を見ようとする。そういう警察官は少ない。貴重な存在だよ」

「いえ……。ただ事なかれ主義なだけです」

「そして、ヒグっちゃんは人の立場で物事を考えることができる。因幡とは対照的だな」

樋口はいつも、こういうふうに評価されるたびに、落ち着かない気分になる。

俺は決してそんな人間ではないのだ。そう思ってしまうのだ。天童に言ったように、自分のことを事なかれ主義だと思っている。揉め事が嫌いだ。だから、話をするときにも聞き役に回ることが多い。

警察社会は自分を前面に押し出そうという者が多いので、樋口はつい一歩引いてしまう。すると、慎み深いとか思慮深いと評価されることがある。特に上司から褒められることが多い。

そのたびに樋口は、買いかぶりだと思ってしまう。自分はそれほど優秀でもないし、思慮深くもない。

だが、そういうことが度重なり、今では警視庁本部の係長だ。

実力というのは自分自身が決めるものではなく、他人が評価するものなのだと、樋口は思うことにしていた。

でなければ、係長などやっていられない。

「あの件は、絶対に有罪だった……」

天童がぽつりと言った。

あの件というのが、因幡が警察を辞めるきっかけになった事件であることが、すぐにわかった。

樋口は言った。

「幼女の誘拐殺人でしたね」

「十中八九間違いないという段階で、因幡が先走ってしまった」

「そのようですね……」

十中八九で逮捕はできない。本来は百パーセント確実という確信がなければいけないのだ。

物的証拠が不充分なまま、犯人の逃走を恐れた因幡が容疑者の身柄を引っぱってしまった。

そして、厳しい追及をした。それが暴力だと言われた。

暴力による自白の強要。それを弁護士に指摘された。そして、物的証拠の不備を取り沙汰されることになった。

その結果、違法捜査、証拠不充分で、被告は無罪になった。

当然検察は控訴したが、結局犯人の罪を問うことはできなかった。

「被告は絶対にクロだった。捜査員や検察なら誰だってそう思う。だが、違法捜査と言われたら警察は何も言えない」

「因幡はその責任を取らされたわけですね」

天童はうなずいた。

「そして、彼は辞職した。おそらく警察と司法制度に失望したのだろう」

「慎重に捜査を進めれば、そんなことにはならなかったはずです。因幡が責任を問われるのも仕方がないことだと思います」

「犯人は用意周到なやつで、捜査員は物的証拠を入手できなかった。そういう場合は自白が頼りだ。因幡もそう考えたのだろう」

「気持ちはわかりますが……」

「罪を犯した者を裁くことができない法律というのは、いったい何なのだ……。因幡は俺にそう言って、警察を去っていったよ」

「冤罪を防ぐためにも、捜査や裁判は正しい手順で行われなければなりません」

「その幼女誘拐殺人事件だけじゃない。因幡は少年犯罪についても強い関心を持っていた。人を傷つけたり殺したりしたにもかかわらず、少年に対する量刑はずいぶんと軽い。それがおかしいと、因幡はいつも言っていた」

「それについては、俺もいろいろと言いたいことはあります。しかし、それが国の制度なのですから……」

「だから因幡は日本を出た。そして、世界を放浪していろいろなものを見たり聞いたりしたわけだ」

「そのことが因幡に、いったい何をもたらしたのでしょう」

「知る由もないな」

樋口の問いに、天童がこたえた。

因幡が世界各地で何を見て、何を感じたのか。それは本人にしかわからない。おそらく、どんな想像も及ばないだろう。

そして、彼は実際に、国際テロ組織に接触したのかもしれない。

その目的はいったい何だったのだろう。

それも本人に尋ねるしかない。

今はそれよりも考えるべきことがあると、樋口は思った。

「因幡からの電話の件は、やはり公安に知らせたほうがいいと思います」

天童が苦い表情になった。

「あいつは、俺に個人的に助けを求めてきたんだ。公安に売るようなことはできない」

「気持ちはわかりますが、テロの件で電話してきたということは、すでに天童さん個人の手を離れていると考えるべきです」

天童は苦慮している。それが痛いほどわかる。

「公安に知らせたら、因幡の身柄は拘束されてしまう。彼はテロを防ごうとしていたんだ。国際テロ組織と関わりがあったかもしれないが、その一味だったとは限らないんだ」

「身柄を確保してからでもそれを確認することはできるでしょう」

「因幡は警察を信用していない。身柄を確保しようとしたら、どうなるかわからない。最悪の場合、死傷者が出る」

「死傷者……？」

「激しく抵抗することが考えられるし、自分自身で命を絶つことだってあり得る」

本当にそんなことが起こるだろうか。

樋口は考えた。

日本の警察に失望したと言いながら、天童に電話をしてきたのだ。少なくとも、まだ天童を信じているということではないのか。

「もし因幡が公安に検挙されて、彼と連絡を取り合っていたことが、後で判明したら、天童さんの立場が悪くなります」

「俺の立場なんてどうだっていい」

「そうはいきません。公安はきっと、鬼の首を取ったように、刑事部を批判するでしょう」

天童はまた考え込んだ。そこに幹部連中がやってきた。

刑事部長、麴町署長、それに捜査一課長だ。

天童と樋口は気をつけをする。

田端守雄《たばたもりお》捜査一課長が、天童と樋口に気づいて声をかけてきた。

「よう、天さんにヒグっちゃん。爆破事件だなんて、えらいことになったな」

天童が言う。

「公安も来ています」

「外事三課か？」

「はい」

「わかった」

課長は、刑事部長と目でうなずき合い、捜査本部を設営中の講堂の中に進んでいった。

捜査員たちが一斉に立ち上がる音が聞こえてきた。

天童が言う。

「会議が始まる。中に入ろう」

結局、因幡からの電話を公安に知らせるべきかどうか、結論は出ないままだった。

6

樋口と天童は、出入り口で一礼して、捜査員席に向かった。ひな壇にはすでに、捜査幹部が並んでいる。

樋口たちはまず、捜査員席の後方に回り込み、そこから前のほうに向かった。

最前列には、公安の六人が陣取っている。樋口班の連中は前から三列目にいた。樋口はその列に腰を下ろした。小椋の隣だった。天童は管理官席に収まった。

すぐに会議が始まった。

田端課長が言った。

「面倒な報告はいい。すでに全員、状況を把握していることと思う」

部長の訓辞も省略だ。

それだけ事が緊迫しているということだ。

田端課長の言葉が続く。

「事件の性格はまだ明らかになっていない。これが政治的、あるいは宗教的なテロなのか、そうでないのか……。それすらもまだわかっていない。つまり、事件が続発する恐れもあるということだ。従って、この本部は、捜査本部ではなく、指揮本部ということにする」

捜査本部に関する規定はあるが、指揮本部についての厳密な規定はない。また、両者の区別はそれほど明確ではない。

ただ、誘拐事件や立てこもり事件のような現在進行中の事案については、指揮本部と呼ぶことが多い。

上層部がこの事件を、指揮本部だと決めたということは、単独の爆破事件ではなく、テロ事案だと考えていることを意味している。

また、殺人など過去に起きた事件を扱う捜査本部は、警視庁本部の捜査一課が中心になるが、指揮本部の場合、特殊班が主導権を握ることが多い。

ＳＩＴという名前で最近マスコミにも登場することがある特殊班は、略取・誘拐や立てこもり、テロ事案などに対する訓練を日夜続けている。

「なお……」

田端課長が言った。「国際的なテロの可能性も無視できないので、外事第三課の協力を得ることになっている」

最前列の六人は無反応だった。身じろぎもしない。

「気味の悪いやつらだよね」

隣の小椋がそっと言った。樋口は小声でこたえた。

「彼らも同じ警視庁の警察官です。偏見はいけません」

小椋は肩をすくめた。それがどういう意味か樋口にはわからなかった。

追及しないほうがいいと思った。

世の中には曖昧なままにしておいたほうがいいことがたくさんある。樋口はそう思っている。それはおそらく、警察官らしくない考え方なのだろう。何でも明らかにしたがるのが警察官だ。

そういう意味でも、自分は警察官には向いていないのではないかと思ったこともある。いや、今でも心のどこかで思い続けている。だが、すでにそういう思いとは折り合いをつけている。

今さら他の職業に就く気はない。きつい訓練を受けてせっかく警察官になったのだから、辞めるのはもったいないと考えている。

何より、意外なことに組織内での評価が高い。辞める理由がないのだ。

田端課長の言葉が続く。「爆発物処理班からの報告によると、爆発物にはコンポジション4、通称C4が使用された模様。自爆ではなく、何らかの起爆装置が使用された。おそらく、時限装置だろうということだ。現在、その装置の特徴などを、鑑識ならびに科捜研で精査している」

それを受けて刑事部長が言った。

「知ってのとおり、C4は軍用の爆薬だ。陸自でも使っている。わが警視庁機動隊の特殊部隊でも使用することがあるが、出所は限られているはずだ」

田端課長が言った。

「爆薬がダイナマイトや黒色火薬でなかったことから、やはり国際的なテロの色合いが強いと考えられる。つまり、実行犯だけでなく、犯行を支援する組織だった行動が背後にあったと推量されるわけだ」

刑事たちは顔を見合ったが、公安の六人は動かない。

さらに田端課長の言葉が続いた。

「指揮本部における役割分担をはっきりさせておく。刑法犯としての爆破犯人の捜査は刑事部の役目だ。一方、その背後にあると思われる何らかの組織については、公安が担当する。互いに情報を共有して、協力し合うことが肝要だ」

再び、刑事部長が言った。

「犯行声明はまだない。だが、テロと考えてすみやかに行動を開始すべきだと思う。よって、この事案をテロと断定し、マスコミにもそう発表する。以上だ」

会議の終了が告げられ、樋口たち係長は、管理官席の天童のところに集まった。麹町署の強行犯係長もやってきた。

通常の捜査本部同様に、地取り、鑑取り、遺留品捜査等の班に、捜査員を二人一組で振り分けていく。

その他に、予備班や特命班を設けることがある。予備班には、ベテランが回され、管理官の補佐や参考人等の取り調べを担当する。

特命班は、事案に特別な事情がある場合に組織される。例えば、犯人が他県に逃亡した際に、現地に出向いて捜査をするような場合だ。

今回は、公安の捜査員たちが特命班ということになった。

管理官席であれこれ相談をしていると、そこに一人の男がやってきて言った。

「いやあ、どうも遅くなってすいません。捜査会議には間に合うように来るつもりだったんですが……」

見たことのない男だった。天童が言った。

「梅田《うめだ》管理官……」

「いやどうも、ご無沙汰してます」

天童が、樋口たち係長に紹介した。

「こちらは、公安の梅田正之《まさゆき》管理官だ」

「どうも……。国際テロ第一の梅田です」

公安部外事第三課には二人の管理官がいる。国際テロ第一の管理官と国際テロ第二の管理官だ。それぞれ、二つの係を統括している。

梅田は、小柄な男だった。目尻が下がった柔和な顔をしており、いかにも人がよさそうに見える。やってきてからずっと愛想笑いを浮かべている。

背広も黒ではなく、紺色でストライプが入ったものだ。まったく公安らしくないと、樋口は思った。

「あ、特命班ね」

天童から説明を聞いて、梅田が言った。「国際テロ組織と事件との関わりについて調べればいいんだね？」

「そういうことだ。何か情報は？」

「それがさ……。この事案、やっぱりテロに間違いないね。天童さんも知ってるだろう？　因幡芳治」

さすがの天童も顔色を変えた。樋口はその天童を横目で見た。眼が合った。

殺人犯捜査第一係の塩崎係長が天童に尋ねた。

「何者です？　その因幡というのは……」

樋口の眼から見て、天童は明らかにうろたえていた。だが、それを他の者には感じさせないような態度で言った。

「かつて警視庁で刑事をやっていた男だ。俺の下で働いていたことがある」

それを補うように、梅田が言った。

「警視庁を辞めた後、海外に出たらしいんだ。それからどういう経緯をたどったかは不明なんだけど、国際テロ組織と関わりがあったという情報があってさ……」

塩崎が眉をひそめる。

「国際テロ組織……」

「そう」

梅田がうなずいた。「その因幡が最近、日本に入国したという情報もあるんだ」

樋口は再び、天童を見た。

天童は表情を変えまいと努力している様子だった。彼は、梅田管理官に尋ねた。

「因幡とこの事案が関係あるということか？」

「国際テロ組織と関わりがある男が、事件直前に入国しているんだぜ。関係ないはずがないだろう」

「確認が取れたわけじゃないんだろう？」

「刑事は確認を第一に考える。そりゃそうだよな。被疑者を逮捕してからがたいへんなんだ。起訴して公判を維持しなけりゃならないからね。その点、公安ってのは大雑把なんだよ。先手を取ることだけを考えてりゃいいんだ」

「先手を取る？」

「そう。相手が動く前に手を打つ。だから普段の内偵が重要なんだけどね」

たしかに梅田管理官が言うような一面はある。せっかく捕まえた犯人が無罪では意味がない。だから刑事と検察は、確証にこだわる。確固とした証拠や証言がなければ起訴もできない。

一方公安は、国家に対する敵との戦いが任務だ。過激派や内外のテロ組織が活動を開始する前にその動きを封じることが目的なのだ。

そのためには思想チェックも必要になる。対象となる団体が何を考え、何を目標としているかを探るためだ。

行動確認が重要だし、時には盗聴の必要もあるだろう。

それは人権侵害であり違法だという見方もある。だが、公安に言わせれば、きれい事では済まないということなのだろう。

彼らは警察官というよりスパイだ。

日本には、アメリカのＣＩＡ（中央情報局）やロシアのＦＳＢ（連邦保安庁）のような諜報組織がない。

その役目を担っているのが、警察庁警備局警備企画課であり、実動部隊が警視庁の公安部なのだ。

刑事とスパイでは、当然のことながらやり方も考え方も違う。

だから対立することもある。

だが、同じ警察官なのだと、樋口は思う。

刑事から公安に人事異動になることだってあるし、その逆ももちろんある。だから、刑事と公安だから相容《あいい》れないと考えるのは間違いだと、樋口は考えていた。

「じゃあ、特命班のほうの指揮を執ってくれ」

天童が梅田に言った。

「いやいや、相談しながら二人でやろうよ。俺だって刑事と仕事ができるのはいい機会なんだ」

梅田はあくまで友好路線のようだ。それが本音なら願ってもないことだと樋口は思った。

天童が言った。

「わかった。あんたも本部に詰められるということだな？」

「もちろん」

そのとき、指揮本部に新たな一団が入ってきた。彼らは、ひな壇の前で整列すると、腰をしっかり折って頭を下げる敬礼をした。

屈強な連中だ。警備部のように見えるが、警備部ほど日焼けしていない。

特殊班、通称ＳＩＴの連中だ。

幹部たちへの挨拶を終えると、彼らは管理官席にやってきた。

「特殊犯捜査第三係の浅井《あさい》です」

浅井猛《たけし》係長だ。

「おお、ＳＩＴだね」

梅田管理官がうれしそうな顔で言った。「最近はすっかり有名になったねえ。刑事部の精鋭だろう？　いっしょに仕事ができるのは光栄だね」

浅井は戸惑ったように梅田を見た。

「失礼ですが……」

天童が紹介すると、浅井は礼をした。

「よろしくお願いします」

浅井の挨拶に、梅田管理官は笑顔で応じた。

「こちらこそよろしくな」

梅田管理官は、あくまで友好的だ。これが本音であってくれるといいのだが……。
樋口はそんなことを思っていた。
同じ警察官だと思ってはいても、やはりどこか公安は得体の知れないところがある。

7

天童が浅井に尋ねた。

「今までどこにいたんだ?」

「現場付近で捜査をしておりました。すでに防犯カメラの映像を入手していると聞きましたが……」

その言葉に、梅田が反応した。

「そりゃ本当か?」

天童はちらりと樋口を見てからこたえた。

「入手している。SSBCに回した」

梅田管理官が感心したように言った。

「いやあ、刑事ってのはさすがだね。やることが早い。見習わなきゃねえ……」

浅井が天童に言った。

「爆発物はC4だったということですね。民間では手に入りにくい爆薬です」

「そう。だから、海外のテロ組織の関与を視野に入れている。因幡を知っているか?」

「因幡……? あの因幡ですか? 違法捜査で辞職した……」

「そうだ。しばらく海外にいたが、最近帰国したようだ」

「それが何か……」

その質問にこたえたのは、梅田管理官だった。

「海外でテロ組織と関係があったらしい」

浅井の表情が厳しくなった。

「その話を詳しく教えていただけますか」

「もちろんだよ」

天童が言った。

「では、特殊班も、公安といっしょに特命班に入ってくれ。テロの続発を防ぐんだ」

「了解しました」

樋口たち殺人犯捜査係は、実行犯の捜査。公安とＳＩＴの特命班は、犯人の背後関係を洗い、これ以上のテロ事件が起きるのを防ぐ。

田端課長の指示どおり、役割分担が決まったわけだ。

係長は、それぞれの係員たちに分担を告げに行った。樋口も殺人犯捜査第三係の係員たちのもとへ向かった。

指示を終えてから係長たちは管理官席に戻って来る。樋口も戻り、天童と梅田の様子を見ていた。

梅田は、天童との関係を知っていながら因幡の名前を出したに違いない。

無頓着なふうを装ってはいるが、そんなはずはないと樋口は思った。

国際テロを扱う部署の管理官なのだ。

梅田は、因幡から天童あてに電話があったことを知っているのだろうか。

外事第三課の柳瀬は何か知っているようなそぶりだった。だが、因幡からの電話のことを知っているとは限らない。

「梅田管理官……」

樋口は声をかけた。

「ええと……。あなたは樋口係長だったね？　何でしょう」

「佐藤さんや柳瀬さんと、先ほどちょっと話をしました」

「おや、そうかい」

「柳瀬さんは、かなりの実力者とお見受けしましたが……」

「おや、わかるかい。彼はね、エースなんだよ」

「やはり、そうでしたか。では、ゼロの研修を受けたわけですね」

「そう。ゼロ帰りだ。私なんてとても太刀打ちできないね」

「管理官のあなたが……？」

「私なんて、ただの中間管理職だよ」

梅田管理官の言葉を聞いて、そんなはずはない、と樋口は思った。

公安外事第三課は、テロ対策の中枢だ。海外と連絡を取り合う必要もある。

それを指揮する管理官が、無能なただの中間管理職であるはずがない。梅田管理官は、ただ謙虚なだけなのだろうか。

それとも、これも公安らしい計略の一つなのだろうか。相手を油断させるにはへりくだるに限る。

どんなに警戒していても、相手が徹底的に下手に出ればどうしてもチェックは緩くなる。なめてしまうのだ。

それを狙っているのかもしれない。

相手が公安だというだけで、つい構えてしまう。

だが、それは仕方のないことだ。彼らのやり方がそうさせるのだ。

刑事とは相容れない。仕事の内容が違うからだ。刑事はたいてい、事件が起きた後、その捜査を行う。進行中の事案を扱う特殊班などは特別だが、それでも事件が起きた後に行動を開始する。

一方、警備・公安は、事件を起こさせないように日夜行動している。

要人警護やイベントでの警備を担当する警備部、そして、国家の危機に関する事案を扱う公安部は、決して事件を起こさせてはいけないと考えている。

彼らが扱う事案で何かが起きるということは、それ自体がたいへんな出来事になる。

例えば、要人警護で何かが起きたら、国際問題になりかねない。日本の信用に関わるのだ。

公安がマークする人物が何かを起こしたら、それも大事件になる可能性が高い。彼らが監視しているのは、常に国家の危機に直結するような人物たちだ。

だから彼らは常にぴりぴりしている。臨戦態勢が日常なのだ。

先ほどの佐藤という若い公安捜査員の態度は、わからないではない。

もちろん、エリート意識もあるだろう。刑事などに比べれば出世コースに違いない。だがそれだけではない。彼は、常に緊張を強いられている。若い捜査員はそれが前面に出てしまう。

公安捜査員に言わせると、刑事のやり方はずいぶんと悠長で、しかも情報管理ができていない。

刑事の周辺には常にマスコミがうろついていて、情報漏洩の恐れがある。公安はそれを嫌うのだ。

それについては、刑事の側にも言い分はある。国民の知る権利の代理者であるマスコミを無視することはできない。だから、刑事は彼らに洩らしていい情報とそうでないものをちゃんと区別している。

しかし、たぶんその言い分も公安には通用しない。なにせ彼らは、悪名高い特高、つまり特別高等警察の流れを汲んでいるのだ。

特高は第二次大戦後、ＧＨＱにより解体されたが、その機能と役割は公安に受け継がれたと言われている。

つまり彼らは、国民の知る権利などあっさりと無視することができる。国民個人の権利よりも、国体の護持が優先されるというのが、彼らの根本的な考え方だ。

民主警察の中にある異分子とも言えるが、もともと国家における警察の役割はそういうものなのかもしれない。

そう考えると、やはり自分は警察に向いていないということになってしまう。

だから樋口は、刑事の仕事に専念しようとしている。余計なことは考えず、犯罪捜査のことだけを考えて仕事をしていれば、自分自身の正義感をも充足させることができる。

そう。公安の考える正義と刑事の考える正義が異質なのかもしれない。

両者が相容れない理由はそこにあるのかもしれない。

だから、梅田管理官も信用できない。樋口はそう考えているのだ。

「いやあ、俺はもっぱら総務とか警務とかの事務畑なんでね……。現場のことはよくわからないんだ」

そう言って梅田が笑った。樋口は言った。

「そうなんですか……」

「うらやましいね」

二人のやり取りを聞いていた天童が言った。

「総務・警務は俺たち刑事と違って出世街道だからな」

天童は、特殊班の浅井係長に、因幡について説明していたが、それが終わったようだ。

梅田管理官が苦笑する。

「出世するのは、事務畑でもほんの一握りだよ」

そこに、公安の柳瀬と佐藤の二人がやってきた。彼らは梅田管理官だけを見つめて言った。

「現場で目撃情報があった、中東系の若い男性の情報を追っています。すでに何人かリストアップされていますが、引っぱりますか？」

樋口が驚いて言った。

「いったい、どういうリストなんですか？　理由もなく身柄拘束するわけにはいかないでしょう」

若い佐藤が言った。

「何を悠長なことを言っているんです。テロなんですよ」

特殊班の浅井が言った。

「私もそれが、どういうリストなのか知りたい」

梅田管理官が困ったような表情で言った。

「公安独自の資料としか言いようがないね」

公安の仕事の大部分が内偵であり、その中でも重要なのが行動確認だ。行確《こうかく》と略されるこの捜査は、公安捜査の基本でもある。

何か問題がある対象者にべったり張り付いて監視するのだ。

対象者が接触する人物を細かくリストにしていく。おそらく、柳瀬と佐藤が言うリストも、誰かの行確によって作られたものなのだろう。

梅田管理官が天童に言った。

「情報提供を求めるということでどうだろう」

天童が苦い顔でうなずいた。

「いいでしょう。ただし、無茶はやらんでください」

「もちろんです」

梅田管理官はそう言ってから、柳瀬と佐藤の顔を見た。

佐藤はやる気満々という顔だが、柳瀬は相変わらず穏やかで柔和な表情だ。

エースの自信から来る表情なのだろう。

もしかしたら彼は、この柔和な表情のままで、戦前・戦中の特高のように被疑者を拷問するのかもしれない。

そんな想像をして嫌な気分になりそうだった。

樋口は柳瀬に言った。

「話を聞くとき、捜査一課の捜査員も立ち会わせてくれ」

佐藤が何か言おうとするのを柳瀬が制して言った。

「いいですよ。身柄を運んできたら知らせます」

樋口はうなずいた。

梅田といい柳瀬といい、腹に一物ありそうで、どうにもやりにくい。

だが、承知したというのだから、それ以上何も言えない。

柳瀬と佐藤が管理官席から去っていく。樋口は無言でその姿を見つめていた。

8

梅田管理官が天童に言った。

「公安はいろいろなリストを持っていてね……。それが役に立つこともあるんだ」

言い訳をするような言い方だった。天童はこたえた。

「わかってるよ」

梅田は、気分を変えるように口調を改めて天童に尋ねた。

「防犯ビデオの解析は、いつ終わるのかね？」

「もちろん、最優先でやらせているはずだが、ビデオの内容にもよるね」

特殊班の浅井係長が言う。

「爆発の前後を中心に解析すればいいわけですから、それほど時間はかからないと思います」

樋口がそれに補足した。

「車がいつから駐車しているか、ということもビデオからわかるはずだ」

浅井がうなずく。

「どんなやつが運転していたかも……」

天童が樋口ら殺人犯捜査係の係長たちに尋ねた。

「C４の入手先については……？」

第一係の塩崎係長がこたえた。

「自衛隊、在日米軍、そして警視庁警備部を洗っています」

「自衛隊や在日米軍が、おとなしく捜査に協力してくれるだろうか」

「なんとかしますよ」

樋口は言った。

「C4だと、海外から持ち込まれた可能性もありますね。X線で調べられるわけではないし、麻薬犬のチェックにもひっかからない」

梅田が驚いたように言った。

「爆発物なのに、普通に持ち込めるってのかい？」

特殊班の浅井が言った。

「C4は、普通の状態だと非常に安定していて、爆発することはまずないんです。ベトナム戦争のときに、野営時の燃料に使われたこともあります」

「爆薬を燃やすのか」

「少量ならただ燃えるだけなんです。確実に爆発させるためには、信管や雷管が必要です」

「へえ、そうなのか……」

「粘土状で、強い臭いはありません。ですから、スーツケースの奥に突っ込んでしまえば、海外から持ち込むことも不可能ではないでしょう」

梅田が天童を見て言う。

「だとしたら、C４の入手ルートから犯人を割り出すというのは不可能じゃないのかね？」

「考えられるあらゆる事柄を洗う。それが刑事のやり方だよ。どんな捜査も、無駄ということはない」

「それは公安だって同じだ」

「ま、そうだろうな」

突然、「気をつけ」の声が聞こえ、講堂内に残っている者たちが起立した。

樋口も反射的に立ち上がっていた。号令で起立するのが習慣として染みついている。

見ると、捜査一課長も立ち上がっている。

やってきた人物は、課長より上ということだ。課長より上は参事官と部長だ。その上は警視総監だ。

刑事部長はすでに臨席している。

「公安部長……」

梅田がつぶやいた。

たしかに、ひな壇に向かっているのは、公安部長だった。

第一係の塩崎係長が、樋口にそっと言った。

「公安が本格的に仕切るということかな」

「こちらも刑事部長がいるんです。公安が主導権を握ったというわけじゃありません」

今のやり取りを、梅田に聞かれなかったか気になった。

梅田は、こちらに注意を向けていない。おそらく聞かれなかっただろう。

ひな壇では、刑事部長と公安部長が何事か話し合っている。

「おい、管理官。ちょっと来てくれないか」

田端捜査一課長にそう言われて、天童と梅田がひな壇に向かった。事件の概要を公安部長に説明するためだろう。

塩崎がまた、樋口に小声で言う。

「まさか、刑事部長が引きあげたりしないだろうな……」

「どちらの部長が仕切ることになっても、俺たちはやるべきことをやるだけです」

塩崎が苦笑した。

「あんたらしい言い方だ」

「俺らしい？　どういうことです？」

「そんなことはありません。あんたは前向きだ」

「どんなときでも、俺だって落ち込むことはあるし、思い悩むことも多い」

塩崎は肩をすくめた。

「それでも、俺から見れば、充分に前向きだよ」

そのとき電話が振動した。部下の係員からだった。

「はい、樋口」

「例の目撃者を見つけて、似顔絵の手配をしようと思ったのですが……」

「中東系の若者を目撃したという学生だな？」

「はい。連絡先を押さえていましたので、本人と接触できまして……。ところが、公安に横取りされそうなんです」

「横取りってのはどういうことだ？」

「俺たちがその学生と話をしようとしているところに、公安の捜査員たちがやってきまして、学生に写真を見てほしいと……」

「写真？　何の写真だ？」

「どうやら、中東系の留学生なんかの写真らしいです」

先ほど柳瀬たちが言っていた「リスト」に載っている人物の写真だろう。

「公安に任せればいい」

係員は、少々むっとした口調で言った。

「それでいいんですか？」

「もし、公安が持っている写真の中に目撃した人物がいればそれに越したことはないんだ。もし、それで見つからなければ、似顔絵を頼めばいい。それが一番効率がいい」

「はあ……。それはそうですが……」

「目撃者の学生が写真を見るときには、おまえたちも立ち会うんだ」

なにせ、特高の伝統を受け継ぐ連中だ。目撃者に対して不要なプレッシャーをかける恐れもある。

公安にとって人権は二の次だという思いが、樋口にはある。だが、それを口に出す必要はないし、出すべきではないと思っていた。

「了解しました」

部下は納得したようだった。

電話を切ると、塩崎が樋口に言った。

「捜査員からか？」

「そう。三係の部下からです」

「公安がどうしたって？」

「彼らも仕事をしているということです」

樋口はかいつまんで、事情を説明した。それを聞いた塩崎が言った。

「公安お得意の写真だな。やつら望遠レンズでいろいろな写真を入手している」

「政治的な集会があると、公安捜査員が必ずカメラを持って歩き回っていますね」

「俺たちだって、いつやつらに写真を撮られているかわからない。不気味なやつらだ」

「まさか、同業者の写真を撮ったりはしないでしょう」

そのやり取りを聞いていた特殊班の浅井が言った。

「その中東系の若者が、テロの実行犯ということかな」

樋口は言った。

「それはまだわからない。現場の脇にある大学には、海外からの留学生も多い。偏見に基づく証言だという恐れもある」

「中東系の留学生もたくさんいるということか？」

「もちろんいる。オイルマネーで豊かな国の金持ちは、子供たちをイギリスなどに留学させる。日本にもそういう留学生がいる。王家の子女が留学している例もある」

「へえ……」

天童と梅田が席に戻って来た。

天童が言った。

「部長たちはいったん引きあげるそうだ」

捜査本部や指揮本部の責任者は、たてまえは部長ということになっている。だが、多忙な部長が本部に張り付いていられるわけではない。

実際に本部を仕切るのは課長か管理官ということになる。

樋口は尋ねた。

「田端課長は？」

「課長はしばらく残るそうだ」

今のところはまだ、刑事部が主導ということだと考えていいだろう。

情報がある程度共有できて、捜査員たちの割り振りも終わった。指揮本部内は一段落した感がある。

今のうちに自宅に電話をしておこうと思い、樋口は席を立った。

9

「ちょっと失礼します」

樋口は、人がいない講堂の隅に行き、妻の恵子に電話をした。

「はい」

「俺だ。ある事案で指揮本部ができた。しばらく帰れなくなると思う」

「ニュースで見たわ。大学の爆発事件ね」

「大学が爆破されたわけじゃない。事件が起きたのはあくまでも大学の脇の公道だ」

「あの土手の脇の道よね？」

「そうだ」

妻も樋口と同じ大学の出身だ。同級生だった。

土手の脇の道は通学路で、帰りによくいっしょに歩いたものだ。もうはるか昔の話だ。

「まさか、あの大学でそんなことが起きるなんて……」

「だから、大学で起きたわけじゃないんだ。それに、どこで何が起きても不思議はない世の中なんだ」

「テロなの？」

「それはまだわからない」

「捜査情報だから、家族にも言えないわよね」

「本当にまだわからないんだ。じゃあ、そういうことだから……」

電話を切ろうとした。

「待って」

「何だ？」

「今日あたり相談しようかと思ってたんだけど……」

「相談……？」

「照美《てるみ》のこと」

照美は一人娘で、今大学生だ。「照美がどうした？」

「夏休みに、海外旅行に行きたいと言ってるんだけど……」

「今どきの学生なら、海外旅行くらい珍しくないんじゃないのか？」

「バックパッカーをやりたい、なんて言い出しているのよ」

樋口は咄嗟にどう言っていいのかわからなくなった。女の子が海外でバックパッカーなど冗談じゃない。そう思っていた。

危険きわまりない。日本のような安全な国は他にはほとんどないのだ。

だが、そう言い切ってしまったら、照美は反発するだけだろう。

娘のことを、どちらかというとインドア派だと思っていた。部屋に籠もってパソコンに向かってばかりいたはずだ。

それがバックパッカー……。おそらく、ネットで何かを見て影響されたのだろう。

「ただの海外旅行ならわかるが……」

「私もそう言ったのよ」

「もし、照美が男なら、許してやらんこともないんだがな……」

「いろいろと調べているみたい。ビザの取り方とか……」

夏休みは長い。七月の試験が終われば夏休みに入り、学校が再開するのは九月だ。その長い休みの間、海外を放浪するというのはたしかにいい経験にはなる。

しかし……。

樋口は携帯電話をしまうと、管理官席に戻った。席に着くと、天童が言った。

「ヒグっちゃん。どうした」

「は……？」

「難しい顔をしているじゃないか。家で何かあったのか？」

「いえ、何でもありません」

「そうか？　ヒグっちゃんは、普段はポーカーフェイスだが、家族に何かあったときだけは深刻な顔になるからな」

そうだろうか。

そんなことを意識したことはなかった。

「いえ、本当に何でもないんです」

天童はそれ以上は質問してこなかった。

彼のほうが大きな問題を抱えている。因幡から連絡が来たことを、柳瀬に話すべきか迷っていたに違いない。

だが、梅田管理官のほうからその名前を出されて、言いそびれた恰好になっていた。

そのことが原因で何か悪いことが起きなければいいが……。

樋口はそう思っていた。

今からでも遅くはない。天童は梅田管理官に、因幡から電話があったことを告げるべきではないだろうか。

おそらく、樋口同様に、天童も梅田を信頼していないのだろう。何でも正直に言えばいいというものではない。樋口だって大人なのだから、それくらいのことはわかる。

多くの場合、隠し事をしていたことで事態が悪くなるものなのだが……。

天童に任せようと決めたのだから、余計な口出しはすまいと樋口は思った。

席に着いて、事件のことに集中しようと思った。だがやはり、つい娘の照美のことを考えてしまう。

若い女性が一人でバックパッカーなどとんでもない。恵子がちゃんと説得してくれればいいが……。

家のことは妻に任せきりだ。娘は、子供の頃は父親になつくが、年頃になると近づきたがらなくなるものだ。照美もあまり樋口と話をしなくなった。母親がそれをカバーしてくれると思っていた。

だが、樋口に相談したということは、恵子も持て余しているということではないだろうか。おそらく、照美の意志がかなり固いのだろう。

すぐにでも帰宅して、照美と話をするべきだと思った。だが、今指揮本部を抜け出すわけにはいかない。

夏休みまでにはまだ間があるが、かといって、先延ばしにしていていい問題ではない。そんなときに頭に浮かぶのは、決まって氏家《うじいえ》だった。氏家譲《ゆずる》は、樋口よりも二歳年下の警部補だ。生活安全部少年事件課少年事件第三係所属だ。

所轄の頃から少年事件を扱っており、その筋のエキスパートと言っていい。

樋口とは不思議と馬が合い、付き合いが絶えない。これまでも照美のことを何度か相談したことがあった。

指揮本部内は今、比較的落ち着いている。樋口は、再び天童に「失礼します」と断り、席を立った。

先ほどと同じ場所に移動して氏家に電話をした。

「どうした?」

挨拶もなしに、彼はそう言った。

「照美のことで、ちょっとな……」

「照美ちゃんのこと? 何があった」

「夏休みに、バックパッカーをやりたい、なんて言い出しているようだ」

「ようだ？　直接聞いたんじゃないのか？」

「女房から聞いた」

「それで、何で俺に電話してきたんだ？」

そう言われて、樋口は困った。

「照美と話をしたいのはやまやまだが、帰宅できなくなった。いつ帰れるかわからない」

樋口が言うと、氏家は即座に言った。

「爆発事件か？　あんたの班が担当なんだな？」

「殺人班が三班出ている」

「捜査本部ができたということか？」

「正確に言うと指揮本部だ」

「指揮本部ということは、テロ事案で、さらに連続して事件が起きる恐れがあるということだな？」

「そういう態勢だ。本部に公安部長も姿を見せた」

「俺に、何をしろというんだ？」

「わからない。どうしたものかと考えていると、おまえのことを思い出した」

「だいたい俺のことを思い出すのは、そういうときだよな」

「済まないと思っている」

「別にいいさ。照美ちゃんと話すのは嫌じゃない」

「話をしてくれと言っているわけじゃない。どうしたらいいか相談しようと思ったんだ」

「どうしたいんだ？」

「やめさせたい。どう考えても危険過ぎる」

「だったらそう言えばいいんだ」

「たぶん、俺の言うことは聞こうとしないだろうな。どうやら、女房の手にも余るようだ。電話で相談されたんだ」

「照美ちゃんに電話をしてもいいが、そうするとあんたから話を聞いたことがバレバレだな。直接話をしないで、俺に電話をさせた、と思われると、あんたの立場が悪くなる」

氏家の言うとおりだった。

樋口が直接話をする前に、氏家が電話をしたりすれば、照美はへそを曲げてしまうだろう。

「まず、俺が話をしてみる」

「だけど、しばらく帰れそうにないんだろう？」

「電話してみる」

「何と言うつもりだ？」

「そうだな……」

樋口は考えた。「それを相談しようと思っていたんだ。一人で海外でバックパッカーをやるなんて、おまえも危険だと思うだろう」

「思う。けどな……」

「けど、何だ？」

「やっている若者はたくさんいる。もちろん危険なこともあるだろうが、いい経験になることは確かだ」

氏家が言うとおり、世界中にバックパッカーはたくさんいる。そのすべてが危険な目にあっているわけではない。

一人で海外を旅するのは、またとない経験になるはずだし、いろいろな感動を味わうだろう。樋口自身、憧れたことがある。だが、結局やったことはない。楽しみよりも、ついリスクを考えてしまう。樋口は若い頃からそうだった。

「しかしな」

樋口は言った。「照美は女の子なんだ」

「まあたしかに、若い女性が海外で犯罪の被害者になる例は少なくないようだな。いちいち報道されていないが、性犯罪の被害は相当に多いようだ。だが、回避しようと思えばできるものだ。危険なところに立ち寄らないとか、夜間は移動しないとか……。バックパッカー同士で情報交換をすることもできるはずだ」

「いや。一人旅は危な過ぎる」

「まあ、心配性のあんたのことだから、いくら言ってもだめだろうな。なら、あんたが心配していることを、照美ちゃんに伝えればいい。そして、ちゃんと照美ちゃんの反論を聞くんだ」

「反論を聞く？」

「そうだ。説得したいんだったら、相手が何を考えているかをしっかりと聞く必要がある」

氏家の言葉に、思わず樋口はうなずいていた。

「なるほど。人質を取って立てこもっている犯人を説得するようなものだな」

「どんな場合でも、説得というのは、そういうもんだ。まず相手の要求を聞く。そして、それに対処するんだ」

「わかった。折を見て電話してみる」

「テロなんだな？」

突然話が変わった。

樋口は虚を衝《つ》かれた。

「ああ……。その方針で動いている」

「犯行声明は？」

「まだ確認されていない」

「海外の組織か？」

「まだわからない」

「まあ、外に情報を洩らすわけにはいかないよな。俺に余計なことをしゃべったら、クビが飛ぶ」

「本当にまだ、何もわからないんだ」

「あんたと恵子さんの出身大学のすぐ近くで起きたんだろう？」

「そうだ」

「その大学はカトリック系だったな」

「言いたいことはわかるが、まだ宗教的過激派の犯行だと決まったわけじゃない」

「照美ちゃんの件、進展があったら教えてくれ」

「すまんな」

「じゃあ」

電話が切れた。

樋口は、席に戻りながら、タイムリーだなと思っていた。

因幡は海外に出てしばらく放浪していたという。照美も同じような経験をしたいと言っているのだ。

因幡のことが取り沙汰された同じ日に、照美がバックパッカーをやりたいという話を聞いた。

実にタイムリーだ。人生にはこうした奇妙な符合がたまに起きる。

10

午後八時を過ぎた頃、刑事部長、公安部長、麴町署長の三人が立ち上がった。

どうやら三人は引きあげるようだ。

どちらか片方の部長が残らなくてよかったと、樋口は思った。例えば、刑事部長だけが残り、積極的に捜査の指揮を執ると、公安の連中が反発するかもしれない。

逆に公安部長が指揮を執れば、刑事たちはやりにくいだろう。

何事においてもバランスが大切だと樋口は思う。それが悪いほうに出ると、どっちつかずで、優柔不断になる。

自分は悪いほうに出ることが多いと、樋口は思っていた。

捜査員たちは、起立して二人の部長と署長を送り出した。

幹部席には田端課長だけが残った。ノンキャリアで叩き上げの田端課長は、捜査員たちの信頼も篤い。

樋口の電話が振動した。

部下からだった。

「はい、樋口」

「例の学生が目撃したという中東系の若者ですが……」

「どうした」

「公安が人物を特定しました。パキスタン人です」

中東という言葉は、普段はかなり曖昧に使われている。もともとは、インド以西のアジア地域と東北アフリカの一部を指す言葉だ。

厳密に言うと、パキスタンやアフガニスタンは含まれない。だが、日本では、イスラム圏の概念とほぼ重なっている。

樋口も中東というのは具体的にはどの国を指すのかよく知らない。

だが、一般的にパキスタンは中東とは言わないだろう。おそらく、インド、パキスタンは南アジアだ。

ちなみに、中東とはヨーロッパから見た言い方だ。だから、日本は極東にある。

日本から見れば、中西であり、ヨーロッパが極西なのだからそう呼べばいいと樋口は思う。

「身元は？」

「旅行者として入国したようですが、その後入管の目を逃れて、密かに日本国内で暮らしていたようです。名前は、ムハンマド・シファーズ・サイード。年齢は二十六歳です」

樋口はそれをメモしてから言った。

「所在はわかっているのか？」

「公安の連中は知っているようですね」

「その情報は共有していないのか？」

「教えてもらってませんね。公安のやつらが本人の身柄を引っぱっていくかもしれません」

部下の声に怒りが含まれている。公安のやり方に腹を立てているのだ。

樋口は言った。

「ご苦労だった。指揮本部に身柄を運んで取り調べをする際には、公安だけでなく刑事部の者も立ち会うことになっている」

「了解です」

それでもまだ、腹立ちは収まらないだろう。だが、仕方のないことだ。ここは我慢させるしかない。

電話を切ると、樋口は天童と梅田管理官に報告した。

話を聞き終えると、天童が梅田に言った。

「それについて、何か聞いているか？」

「いや。報告はないね。たぶん、身柄を押さえてから報告するつもりだろう」

「刑事ならば、触るかどうか、上の指示を仰ぐところだがな」

梅田は肩をすくめて言った。

「刑事は、スポーツで言うと団体競技だろう。公安は個人競技なんだ」

角が立たない言い方だと、樋口は思った。どちらが優れているということではなく、あくまでも方法論の違いだと言いたいのだ。

これが本音かどうかは、まだわからない。

梅田の穏便な物言いは、カムフラージュかもしれないのだ。公安はやりたいようにやる。それに対する刑事たちの反感を少しでも和らげるために懐柔的な言い方をしているのかもしれない。

天童が手もとのメモを見ながら、梅田に言う。

「ムハンマド・シファーズ・サイードというのは何者なんだ？」

「さあ。私は知らない」

「知らないはずはないだろう。公安が持っていた写真を、目撃者に見せて、人物を特定したんだ」

「だから言っただろう。公安は個人プレーだって」

「リストや写真が共有されていないということか？」

「そう。誰かが持っていたリストなんだろうな」

「それはずいぶんと、効率が悪いんじゃないのか？　情報は係全体、あるいは課全体で共有しておくべきだ」

「それは危険なんだ」

「危険……？」

「私たちは、重要な秘密を扱うことが多い。それを他人に知られるわけにはいかない。秘密を知られることで、誰かを危険な目にあわせることになるかもしれない。最悪の場合、人が死ぬ」

淡々とした口調だったので、聞き流すところだった。樋口は、梅田の言葉を頭の中で繰り返して愕然《がくぜん》としていた。

天童が苦笑する。

「そんな大げさな……」

梅田が真顔でこたえる。

「いや、決して大げさじゃないんだ。私たちはインテリジェンスの世界で生きている」

「インテリジェンス？」

「知性のことじゃないよ。諜報のことだ。公安はね、海外の諜報機関を相手に仕事をしなきゃならないんだ。ＣＩＡや、かつてのＫＧＢなんかと渡り合うためには、それなりに腹をくくらなきゃならない」

「はぐらかそうとしてもだめだよ」

天童が梅田を見据えて言った。「公安の誰かがムハンマド・シファーズ・サイードのことを調べていたということだろう？　だったら、何者かわかるはずだ。それとも、知っていながら、俺たちが一から洗うのを眺めているつもりか？」

梅田が慌てた様子で言った。

「いやいや、そんなつもりはない。おそらく、柳瀬なら知っているはずだ。戻って来たら訊いてみる」

樋口は言った。

「悠長なことをしている場合ではないというようなことを言ったのは、公安の佐藤でしたね。私も同じことを言いたいです」

梅田が驚いたような顔で樋口を見た。

「どういうことだね？」

「柳瀬が戻って来たら訊いてみる、などというのは、悠長なことに思えます。刑事ならすぐに電話をします」

驚いた顔をしているのは、梅田だけではなかった。殺人犯捜査第一係や第二係、それに特殊班の係長たちも樋口を見つめていた。

まさか、樋口が管理官に対してこんなことを言うとは思ってもいなかったのだろう。

警察は厳しい縦社会だ。命令系統がはっきりしていないと任務をすみやかに遂行することはできない。縦社会である必要があるのだ。

だから、上司にずけずけとものを言う者はいない。

だが樋口は、言うべきことは言わなければならないと思っていた。

上下関係にとらわれて、大切な捜査をおろそかにすることはできない。

樋口の発言に驚いた様子だった他の係長たちは次に、梅田の反応をうかがった。

梅田は、携帯電話を取り出して言った。

「済まない。樋口君の言うとおりだな。すぐに連絡を取ってみる。写真等もすぐに共有しよう」

係長たちは、明らかにほっとした様子だった。

その間、管理官席は緊張に包まれていたが、天童だけはかすかに笑みを浮かべていた。樋口はそれを見逃さなかった。

梅田が電話で話を始めた。相手は柳瀬だろう。彼はすぐに電話を切って言った。

「当該の人物は、先ほど樋口係長が言ったように、旅行者として来日した後、不法就労していたらしい。それで、柳瀬が身元調査をしていたということだ」

樋口は言った。

「それは表向きでしょう。不法就労なら入管の仕事です。公安のそれも外事三課が洗っていたというのですから、何か特別な理由があったんじゃないのですか？」

梅田はこたえた。

「いやあ、そうでもないんだよ」

「そうでもない？」

天童が尋ねた。「それはどういうことだね？」

「外事三課だから、特別な理由があるとは限らないということだ。テロに対する警戒や捜査をするのが外事三課の仕事だからね。そりゃあ、高度な情報に基づく作業なんかもやるよ。だけど、日常業務のほとんどは地味な調査や行確だ。そして、そのほとんどが空振りなんだ」

天童が言う。

「やっぱりはぐらかそうとしているんじゃないのか？」

「そうじゃない。柳瀬が言うには、電話では詳しく説明できないから、これから指揮本部に戻って説明してくれるということだ」

天童が樋口の顔を見た。柳瀬の帰りを待つしかないだろう。そう思い、うなずいてみせた。

「わかった」

天童が梅田に言った。「じゃあ、待って話を聞くことにしよう」

柳瀬が帰ってきたのは午後八時半頃のことだった。梅田管理官が電話してから約二十分後のことだ。

おそらく、電話を受けてからすぐに出先から指揮本部に向かったに違いない。柳瀬は決して梅田管理官の指示を軽んじてはいないということだ。

公安は個人プレーだと言うが、命令系統はしっかりしている。樋口はそう感じた。

柳瀬は佐藤とともに、管理官席にやってきた。彼は梅田に言った。

「ムハンマド・シファーズ・サイードについて説明せよとのことですが……」

「どういう経緯で彼を特定できたのか、天童管理官たちが知りたがっているんだ」

柳瀬は天童のほうを見てこたえた。

「我々は平素からさまざまな情報を収集しています。ムハンマド・シファーズ・サイードについては、不法就労という情報を得ていましたので、行動確認をしてみました」

天童が尋ねた。

「不法就労だからといって、外事三課がすべての外国人の行確をやるわけではあるまい」

「もちろんです。彼の行確をしたのには、国籍や宗教が関係しています」

「ムハンマド・シファーズ・サイードが、過激派テロ組織などと関わりがあったということなのかね？」

天童の質問に、柳瀬は首を横に振った。

「行確をした時点では、そのような兆候はありませんでした」

「だが、写真を撮っていたということだな？」

「はい。本人の写真だけでなく、接触した人物の写真も撮っています」

行動確認とはそういうものだ。

対象者が、朝家を出たときから帰宅するまで追尾し、立ち寄り先と接触した人物をすべて記録しておく。

樋口は言った。

「では、そのパキスタン人の若者が、テロとは関係ない可能性もあるんですね？」

柳瀬ではなく、佐藤がそれにこたえた。

「爆破現場近くで目撃されたんです。関係があると考えるべきでしょう」

特殊班の浅井が言った。

「樋口係長は、あの大学には留学生など外国人の学生が多いと言っていたな。そのムハンマド・シファーズ・サイードも、大学に用があったのかもしれない」

佐藤が言った。

「シファーズ・サイードは、学生じゃないんですよ。不法就労者です。大学に用があるはずがないでしょう」

嘲るような口調だった。樋口は言った。

「本人は学生じゃなくても、友人が学生だということだってあり得るだろう」

議論を収めようとするように、柳瀬が言った。

「本人に話を聞いてみればわかることです」

樋口は柳瀬に尋ねた。

「所在確認は？」

「外事三課の者がすでに自宅に向かっています」

「所在を刑事たちにも教えてほしいですね」

「迅速に動くことが肝要だと思いましたので、住所を知っている者をすぐに向かわせました」

「住所はどこなんですか？」

「板橋区東山町二十……」

樋口はすぐにメモを取った。塩崎や浅井も同様だった。その姿を見て、柳瀬は苦笑した。

「すぐに身柄を引っぱってきますよ。住所をメモする必要はないでしょう」

樋口はこたえた。

「習慣なんですよ。気にしないでください」

それからほどなく、ムハンマド・シファーズ・サイードの身柄が到着したという知らせがあった。

梅田管理官が柳瀬に言った。

「取り調べをやってくれ」

柳瀬が言った。

「通訳が必要ですね。公用語は英語ですが、英語を自由に話せるパキスタン人はむしろ少数派だということです。国語はウルドゥー語です」

佐藤がそれを補足する。

「国語といっても、もともとウルドゥー語を母語とする国民は一割程度だそうです。パキスタンはいろいろな言語が入り乱れているんです」

梅田管理官が言う。

「取りあえず、英語で始めてくれ。それでだめなら、通訳を探す」

「了解しました」

天童が梅田管理官に言った。

「取り調べは公安がやると、最初から決まっているような言い方だね」

梅田管理官は、慌てた様子で言った。

「いや、そんなつもりはないんだが、こちらが引っぱってきたマル対なんで、こちらが調べるのが筋だと思ってね……。そっちがやってくれてもかまわないが、言葉のほうはだいじょうぶかね？」

「言葉……？」

「柳瀬も佐藤も、英語がぺらぺらなんだ。彼らに任せたほうが効率がいいと思うがね……」

天童が樋口を見た。

「ヒグっちゃんならいけるんじゃないか」

出身大学は英語など語学で有名だった。実際妻は英語が得意で、通訳もできるほどだった。

今でも、時折、翻訳の下訳のアルバイトをしている。

だが、樋口はとても外国人の取り調べができるほどのレベルではない。

「私には無理です」

「そうか……」

天童が言った。「ヒグっちゃんで無理となると、他の連中も無理だろうな……」

語学が得意な者は当然、外事や組織犯罪対策部の国際捜査関係の部署に集まる。

天童が気を取り直したように言った。

「立ち会ったら、話の内容は理解できるだろう」

樋口はこたえた。

「ええ。それくらいなら……」

「じゃあ、ＳＩＴの浅井といっしょに行ってくれ」

「了解しました」

11

ムハンマド・シファーズ・サイードは、取調室で不安そうにしていた。

鼻が高く端整な顔立ちをしている。腰かけているので身長がどのくらいかはわからなかったが、小柄に見えた。

柳瀬がまず、日本語で質問した。

「名前は？」

相手は何も言わない。柳瀬はもう一度同じことを尋ねた。やはり返事はなかった。

柳瀬が英語に切り替えた。すると、ムハンマド・シファーズ・サイードが英語で言った。

「どうして私は逮捕されたのですか？」

「逮捕ではありません」

柳瀬が英語で説明する。

「事情を聞くために来てもらったのです」

「事情……？　何の事情ですか？」

「四谷にある大学の脇の道で車が爆発しました。車爆弾でした。その車の近くであなたを目撃したという人がいます」

「爆発……？　私は何も知りません」

「まず、名前を教えてもらいましょう」

しばらく躊躇《ちゅうちょ》していた様子だったが、やがて諦めたように名乗った。

ムハンマド・シファーズ・サイードの名前が確認された。

「年齢は？」

「二十六歳です」

年齢より若く見える。

柳瀬の英語による質問が続いた。

「住所は？」

「知っているでしょう」

「発言を記録する必要があるんです」

「板橋区東山町二十……」

「職業は？」

「中古車販売の店で働いています」

不法就労だということだが、柳瀬はその点は追及しなかった。

「今日の午後は、どこで何をしていましたか？」

「店で働いていました」

「店の名前は？」

「シンヨー自動車販売」

「所在地は？」

「板橋区向原三丁目……」

「午後はずっとその店にいたのですか？」

「そうです」

「そんなはずはないんですけどね……」

「でも、本当です。私は、ずっと店で働いていました」

柳瀬は、淡々と質問を続ける。

「爆発が起きるちょっと前、午後三時頃のことです。現場のそばであなたを見かけたという人がいるんです」

「人違いでしょう」

「その人には写真を見てもらいました。間違いなくあなただと、その人は言いました」

「その人が間違っているのだと思います」

ムハンマド・シファーズ・サイードは堂々としている。嘘をついているようには見えない。だが、日本人の常識で外国人を観察してはいけない。嘘をつくことに罪悪感を覚えない文化もあるらしい。

柳瀬は、強く追及はしなかった。彼は話題を変えた。

「我々日本人には、パキスタンの方のお名前がわかりにくいのですが……。どれが姓でどれが名前なのですか？」

「ムハンマドというのはムスリムネームです。シファーズというのが親につけてもらった名前。サイードはわが家で使っている名前で、あなたたちが言う姓のようなものですが、もともとはイスラムの称号で、長老という意味です」

「普段はどの名前で呼ばれるのですか？」

「シファーズと呼ばれています」

「では、私もそのように呼ぶことにします。いいですね、シファーズ」

「ええ、もちろんです」

「パキスタンの方は、自分の名前と父親の名前を並べて名乗ることがあると聞いたことがあります」

「そう。それも、ムスリムネームと同じくらいに一般的です。その場合、姓はありません。自分の名前、そして父親の名前、そして、祖父や母の名前を並べることもあります」

ここでまた、柳瀬は話題を一変した。

「日本人は嘘つきだと思いますか？」

シファーズは、虚を衝かれたように、柳瀬の顔をまじまじと見つめた。どうこたえていいかわからない様子だ。

しばらくしてから、彼は言った。

「人によるんじゃないですか」

無難なこたえを見つけたのだ。

「あなたを爆発現場のそばで見かけたと証言したのは、若い男性でした。彼は、どうしてそんなことを言ったのでしょう」

「さあ。わかりません」

「そうでしょうね。私にもわからないのですよ。その人物が嘘を言う理由がないんです。あなたとは何の接点もないんですからね」

シファーズは無言で肩をすくめた。この仕草は万国共通なのだろうか。それとも彼は、西洋のドラマや映画の影響を受けているのだろうか。樋口はそんなことを考えていた。

シファーズがこたえないので、柳瀬は続けて質問した。

「あなたが本当に、今日の午後ずっと店で働いていたかどうか、他の従業員やあなたの上司に確認してもいいですね？」

シファーズは口を閉ざしたままだ。

そのとき、樋口の電話が振動した。天童からだった。

樋口は取調室を抜け出して、電話に出た。

「はい、樋口」

「ＳＳＢＣからの知らせだ。入手した防犯カメラの映像データの中に、たしかにパキスタン人らしい人物が写っており、公安が持っている写真と照合した結果、ムハンマド・シファーズ・サイードと断定した」

「了解しました。その映像の静止画像は？」

「届いている。そちらのケータイに送ろう」

「お願いします」

すぐに画像ファイルが届いた。

樋口は、取調室の中に戻り、柳瀬に耳打ちした。

「SSBCが、現場付近の防犯カメラの映像を解析して、彼を見つけた」

樋口は、携帯電話に届いた画像を柳瀬に示した。柳瀬は、樋口の携帯電話を手に取り、画像を見つめた後に、それをスチールデスクの上に置いて、シファーズのほうに滑らせた。

「これは、現場近くに設置された防犯カメラの映像です」

柳瀬がシファーズに言った。「間違いなくあなたが写っていますが……」

シファーズは、携帯電話を手に取り、画像をしげしげと見つめる。やがて彼は言った。

「これは私ではありません」

柳瀬は顔色を変えない。

「言い逃れはできませんよ。こうして画像があるのですから」

「たしかにこの人物は私に似ています。日本人の眼から見れば区別がつかないかもしれません。でも、これは私ではない」

シファーズの態度は堂々としている。眼差しもしっかりしていた。嘘をついたり、言い逃れをしているようには見えない。

柳瀬が言った。

「たしかに日本人から見ると外国の方々の見分けがつかないことがあります。しかし、我々は警察官です。一般人とは違います。人相を見分ける訓練を受けているのです」

「それでもよく似た外国人を見分けることはたいへんでしょう。この画像の人物と私を区別できないように……。その画像の人物は私とは別人です。さらに言えば、パキスタン人ですらない。おそらく、バングラデシュ人ですね」

柳瀬が携帯電話を手に取り、その画面とシファーズを見比べた。

それから佐藤に携帯電話を渡した。佐藤も同様に見比べている。

佐藤が英語で言った。

「いい加減なことを言うな。これはどう見てもおまえだ」

梅田の言葉どおり流暢《りゅうちょう》な英語だ。

樋口は携帯電話を佐藤から取り返し、やはり画像とシファーズを比較した。

たしかに似ている。だが、言われてみると別人のような気もしてくる。

樋口はさらに、浅井に画像を見せた。浅井は、眉をひそめたまま何も言わない。

柳瀬が尋ねた。

「この画像の人物がバングラデシュ人だという根拠は？」

シファーズはまた肩をすくめた。

「日本人が見てもわからないでしょうね。でも、我々が見ればわかります」

柳瀬が振り向いて樋口を見た。意外なことに、彼が困惑しているように見えた。

樋口は柳瀬に言った。

「ちょっと、来てくれますか？」

樋口は廊下に向かった。柳瀬がそれについてきた。浅井がいっしょだった。廊下に出ると、柳瀬が言った。

「どう思います？　私は同一人物だと思いますが……」

樋口は、思ったことをそのまま言うことにした。

「微妙ですね。たしかに同一人物だと言って写真を見せられたら、そう見えます。でも、別人だと言われれば、そういう気もします」

浅井が言う。

「だが、ＳＳＢＣが断定したんだろう？　だったら、同一人物だろう」

樋口は柳瀬に尋ねた。

「目撃者の学生に見せたのは、どんな写真ですか？」

「望遠レンズを使って撮影したスナップですが、人相ははっきりしていました」

「ＳＳＢＣが照合に使ったのもその写真ですね？」

「そうでしょう。それ以外の写真は手もとにないはずです」

「防犯カメラの映像は鮮明とは言えません。ＳＳＢＣといえども、間違えることはあるかもしれません」

浅井が言った。

「疑い出したらきりがないぞ。鑑定の結果は信じるしかないんだ」

「シファーズの写真を撮って、あらためてＳＳＢＣに鑑定を頼みましょう。こういうことは慎重にやるべきです」

柳瀬は、しばらく考えてからうなずいた。

「そうですね。シファーズに協力を依頼して、写真を撮りましょう」

「それから、勤め先の中古車販売店にアリバイ確認をしましょう。それは捜査一課の捜査員が担当します」

「了解です」

柳瀬はうなずいた。

12

取調室に戻り、柳瀬が写真撮影の協力を求めると、シファーズはあっさりと承諾した。

シファーズの言うとおり、防犯カメラに写っていた人物は別人なのではないかと、このとき樋口は思った。

外国人犯罪者を相手にすると、時折こういうことが起きる。

鑑識を呼んでシファーズの写真を撮ってもらった。それをすぐにSSBCに送るように手配をする。

同時に、捜査員を板橋区向原三丁目の『シンヨー自動車販売』に向かわせた。

確認を取る間、シファーズの身柄は拘束したままだ。シファーズには不法就労の負い目があるので、文句は言わないだろうと、樋口は思った。

管理官席に戻ると、天童が樋口に言った。

「シファーズが、現場で目撃された人物とは別人の可能性があるんだって?」

「今裏を取っています」

「もしそうだとしたら、公安の勇み足だと言い出すやつが出てくるかもしれんな」

天童の声は小さかったが、梅田管理官がそれを聞き留めたようだ。

「そうだとしたら面目ない」

天童は梅田に言った。

「別に責めているわけじゃない。こういうことがあると、どうしてもそういうことを言いたがるやつがいるということだ。だから、お互いに足を引っぱり合うんじゃなくて、協力しなけりゃならないと言ってるんだ」

梅田は何度もうなずいた。

「もちろん、私もそう思っているよ」

天童が樋口に確認した。

「シファーズの鮮明な写真を撮って、ＳＳＢＣに送ったんだな？」

「はい」

「じゃあ、鑑定をやり直してくれるはずだ。ただ……」

「おっしゃりたいことはわかります。彼らにもプライドがあるので、なかなか間違いを認めようとはしないでしょうね」

ＳＳＢＣのプライドは大切かもしれない。だが、もっと重要なのは、何が事実か、ということだ。樋口はそう思っていた。

天童が言った。

「アリバイの確認を急いでくれ。もし、シファーズにアリバイがあったら、それを理由にＳＳＢＣに再鑑定を急がせることができる」

「了解しました」

その結果がわかったのは、それから約二十分後の午後十時頃のことだった。『シンヨー自動車販売』には、塩崎率いる第一係の捜査員が向かっており、彼らからの報告が入った。

塩崎がそれを天童に伝える。

「ムハンマド・シファーズ・サイードのアリバイが確認されました。今日の午後はずっと、店で働いていたということです」

天童が尋ねた。

「証言したのは誰だ?」

「日本人従業員と経営者の二人です」

「確かなんだな?」

「うちの捜査員に抜かりはありませんよ」

頼もしい言葉だと、樋口は思った。もっとも、この一言は、梅田管理官に聞かせたかったのかもしれない。

梅田は何も言わない。もし、シファーズと防犯カメラの映像に写っている人物とが別人だったら、公安捜査員たちの勇み足ということになる。

天童が言った。

「よし、その結果をSSBCに知らせてくれ」

樋口はすぐにその言葉に従った。

異なる画像や映像の中の人物が同一人物かどうかを鑑定するときは、似ているかどうかだけではなく、何か特徴的なものを比較する。

例えば、ホクロや傷跡などだ。耳の形はかなり有力な手がかりとなる。

さらに周囲にあるものから身長を正確に割り出して比較する。

SSBCはその道のプロだから、間違うことはほぼあり得ない。だが、何事も百パーセントではない。

対象が外国人だと勝手が違うだろう。

SSBCの担当者の反応は事務的だった。天童が気にするほど向こうは気にしていないのかもしれないと、樋口は思った。

シファーズの身柄はまだ拘束されたままだ。

柳瀬と佐藤は指揮本部に戻って来ていた。捜査員席の最前列で、何やら話し合っている。険しい表情だ。シファーズの身柄を引っぱったことについて話し合っているに違いない。

間違いは誰にでもある。まったく事件と関係ない人物の身柄を、参考人として引っぱることなど、よくあることだ。

こんなことをいちいち問題にしていては捜査員はやっていられない。

しかし捜査は慎重に進めなければならない。必ず人権が絡んでくるからだ。

その一方で、当たるも八卦《はっけ》、当たらぬも八卦、といった側面もある。

「今のうちに、課長の耳に入れておこう」

天童が言った。「シファーズが人違いだったとわかってからでは遅い」

それを受けて、梅田管理官が言った。

「私から説明しよう。公安の早とちりだった」

梅田は必要以上にこちらに気をつかっている様子だ。それが樋口には意外だった。

天童が言った。

「まだそうと決まったわけじゃない」

「いや、アリバイ確認が取れたんだ。人違いだったんだろう」

そこに柳瀬と佐藤が近づいてきた。柳瀬が言った。

「目撃者の学生は、シファーズに間違いないと言っています」

二人の管理官が、柳瀬のほうを見る。

柳瀬はさらに言った。

「それは正式な証言です。無視することはできないと思います」

梅田管理官がなだめるように言った。

「その証言が間違いだったんだろう。目撃者の学生にとっても、南アジアの人たちをちゃんと見分けることは難しいだろう」

「そう決めつけることは危険だと思います。シファーズが言っていることを信じるのなら、目撃者の学生の言うことも信じるべきだと思います」

不思議なことを言う、と樋口は思い、柳瀬に言った。

「こういう場合は、どちらかを選択すべきじゃないんですか？　両方を信じることはできないでしょう」

「しかし、片方の言うことだけを信じるというのはバランスを欠いているような気がしますね」

柳瀬は余裕の表情だ。決して無表情なわけではないが、気持ちが読みにくい。

ポーカーフェイスにもいろいろあるが、柳瀬の場合は愛想がいいが本心かどうかわからないというタイプだ。

樋口は言った。

「証言が矛盾しているんです。捜査員としてはどちらが正しいのか判断しなければなりません」

「学生の目撃証言が間違いで、シファーズが言っていることが正しいと考える根拠は？」

「捜査員がアリバイを確認しました。彼は供述したとおり、今日の午後はずっと店で働いていたということです」

「その二人が嘘をついていないという確証は？」

「それは……」

樋口は言い淀んだ。「店の経営者と従業員の一人に話を聞いて、二人ともそのようにこたえたのですから、信じていいでしょう」

「目撃者の学生は、シファーズとは面識がなく、従って利害関係がありません。彼が現場近くにいたという嘘をつく理由がないんです」

「外国人の人相は写真だけではわかりにくい。間違えた可能性は高いでしょう」

「だが、彼が間違えたという確証はない。それにですね、ＳＳＢＣが防犯カメラにシファーズが写っていたと断定したのでしょう」

「アリバイ証言を受けて、今ＳＳＢＣでビデオ解析をやり直しています」

「やり直しても、同じ結果ということもあり得ますよね」

樋口は、会話をしている間にだんだんと自信がなくなってきた。

シファーズの供述を聞き、アリバイが確認できた段階で、彼の言い分が正しいような気がしていた。ビデオに写っていたのは、バングラデシュ人だという彼の言葉も信憑性《しんぴょうせい》がある。

しかし、たしかに柳瀬が言っていることにも一理ある。学生の目撃情報が間違っているという確証はない。そして、ＳＳＢＣが、防犯カメラに写っていた外国人がシファーズであるという解析結果を出したことも事実なのだ。

爆破現場近くにいたのは、シファーズだと決めつけ、身柄を引っぱったのは、公安の早とちりだった。そういう流れになっていたが、柳瀬はそれにストップをかけようとしているらしい。

天童も梅田も、黙って樋口と柳瀬のやり取りを見つめている。

現場で目撃された外国人はシファーズで間違いないというのが公安の見方、別人であるというのが刑事の見方。そんな構図が出来上がりそうだった。樋口は、そうした対立構造はできるだけ作りたくないと考えていた。

樋口は言った。

「ＳＳＢＣに、この解析は最優先だと言ってあります。じきに結果が出るでしょう」

柳瀬が言った。

「やり直しを命じることで、ＳＳＢＣは必要以上に慎重になり、解析の結果が曖昧になる恐れがありますね」

「やり直しを命令したわけではありません。あくまでも依頼です」

「実際には同じことが起きるでしょう。アリバイが確認されたと告げたのでしょう？　解析にバイアスをかけたということです」

「アリバイのことは伏せておくべきだったと……」

柳瀬は肩をすくめた。

「どうでしょう。それは私が言うべきことではないでしょう。ただ、ＳＳＢＣの二度目の解析結果は、一度目よりも信頼性が低くなるだろうと、私は思います」

樋口は、柳瀬の言葉についてしばらく考えてから言った。

「シファーズが嘘をついている可能性が高いと、あなたは考えているわけですね？」

「可能性はそれほど高くはないかもしれない。だが、その可能性があることは確かです。そうじゃないですか？」

「ＳＳＢＣが、別人だという結論を出したら、身柄の拘束を解くつもりでいましたが、どうやらそうすべきでないと考えているようですね」

「身柄は拘束しておくべきでしょう」

「理由なく拘束すれば、監禁罪でこちらが訴えられることにもなりかねません」

佐藤が苦笑して割り込んだ。

「そんなものはどうにでもなるでしょう。参考人のまま、長時間取り調べをするなんて、ざらにあることじゃないですか」

樋口はそれにこたえた。

「ざらにあるというのは言い過ぎだろう。やむを得ずそういうことになる場合はあるが、基本的にはあってはならないことだと思う」

「驚いたな……」

佐藤が皮肉な口調で言う。

「捜査一課の係長の口から、そんなきれい事を聞くとは思ってもいませんでした。ＳＳＢＣの解析結果がどう出ようと、シファーズの疑いが晴れるわけではありませんよね。不法滞在なんだから、それを理由に拘束できるでしょう」

それを聞いて、第一係の塩崎が言った。

「ふん。さすがに『転び公妨』の公安だな」

「『転び公妨』……？」

佐藤が一瞬怪訝《けげん》な顔をする。

「なんだ、知らんのか。先輩から教わっておけ」

佐藤は悔しそうに口をつぐんだ。

学生運動をした世代なら、『転び公妨』のことはよく知っている。職務質問の最中に、公安捜査員が突然、「わっ」と言って転ぶ。すると、別の捜査員がすかさず「公務執行妨害」と宣告する。そして、職質の対象者の身柄を引っぱるのだ。任意同行ではなく公務執行妨害の現行犯逮捕なので、有無を言わさず引っぱることができる。これが『転び公妨』だ。政治運動を取り締まるために公安が使った手口だ。

違法性は高いが、違法だと証明することが難しく、多くの逮捕者を出した。佐藤が知らないということは、今ではそういうことは行われていないということか。

いやそうではないだろう。公安は似たようなことをやっているはずだ。『転び公妨』という言葉を使わなくなったというだけのことだろう。

そのとき、梅田管理官が言った。

「そういうことは私たちが決めるよ」

柳瀬が梅田管理官を見て言った。

「そうですね。出過ぎたことを言いました。しかし、アリバイだけでシファーズを放免にするのは危険だと思います」

「わかった」

天童が言った。「その意見は考慮しておく」

13

柳瀬は、管理官たちのほうに一礼してその場を去っていった。佐藤が、樋口や塩崎のほうに一瞥《いちべつ》をくれてからそれについていった。

塩崎が言った。

「あの佐藤という若いのは、ずいぶんと生意気なやつだな」

樋口がこたえる。

「だが、わかりやすいだけいいです」

柳瀬のことを言ったのだ。塩崎には伝わったはずだ。

二人のやり取りを気にしたらしく、梅田管理官が言った。

「すまんね。佐藤も優秀な公安捜査員なんだが、まだこなれていないんだ」

塩崎は慌てた様子でこたえた。

「いえ、警察官は生意気なくらいが、いい仕事をしますよ」

「こなれていない」という梅田管理官の言葉は、言い得て妙だと思った。いろいろな物事を消化吸収した後に、警察官はようやく本物になる。

いや、警察官に限らないだろう。何事も嚙み砕いて自分のものにすることが重要なのだ。

本物の実力が身についていない者ほど虚勢を張ろうとするのだ。

「いやあ、どうも……。重要参考人の身柄拘束ですって？」

元気な声がして、樋口は顔を上げた。

殺人犯捜査第二係の係長、戸倉英二《とくらえいじ》だ。樋口よりも三歳年下で、殺人犯捜査係の係長の中で一番若い。

そう言えば、ずっと姿が見えなかった。

天童が尋ねた。

「どこに行っていたんだ？」

「現場付近で聞き込みです」

「捜査会議にも出ないでか」

「すいません。初動捜査のほうを優先すべきだと思いましたので……。時間が経つにつれて、目撃情報とか証拠とかは、どんどん失われていきますからね」

たしかに戸倉の言うとおりだが、係長なのだから会議には出るべきだ。

樋口はそう思ったが、もちろん口には出さない。

天童は、「まったくしょうがないやつだ」という顔で、戸倉を見ている。

若いだけあって戸倉は現場に出たがる。言葉では係を束ねることが難しいので、自ら捜査する姿を係員たちに見せようと考えているらしい。

それはそれで悪くないと、樋口は思う。

係長が皆、同じやり方をしなければいけないということではない。戸倉なりのやり方で係員たちを掌握すればいいのだ。

「それで……」

天童は尋ねた。「何か収穫があったのか？」

「もう一人、目撃者を見つけてきましたよ。重要参考人の身柄はまだ押さえているんでしょう？　見てもらったらどうかと思いまして」

天童が梅田管理官に言った。

「やってみよう」

「そうだな。柳瀬たちも同席させていいか？」

天童はうなずいた。

「もちろんだ」


シファーズを、マジックミラーのある取調室に移し、ミラー越しに室内を確認できる別室に目撃者を連れて来た。その部屋には、樋口、塩崎、戸倉、浅井の四人の係長、そして、柳瀬と佐藤の二人の公安捜査員がいた。

目撃者がマジックミラーの前に立つ。

目撃者の名前は、牧田《まきた》詠子《えいこ》。年齢は三十五歳だ。現場近くの大学出身で、半年ほど前から大学図書館で働いているということだ。

司書かと問うと、嘱託だが、そのようなものだという曖昧なこたえが返ってきた。

大学図書館における司書は、あくまでも便宜的な呼び方で、図書館法に基づく正式な司書とは違う。だからそういう返事だったのだろうと、樋口は理解した。

戸倉が牧田詠子に尋ねた。

「どうです?」

牧田詠子はマジックミラー越しにシファーズをしばらく見つめていた。

やがて彼女は言った。

「違います。彼ではありません」

柳瀬と佐藤が顔を見合わせた。ポーカーフェイスの柳瀬が、珍しく困惑の表情を見せていた。

戸倉がさらに尋ねる。

「よく見てください。間違いありませんか?」

「間違いありません。似ていますが、私が現場で見かけた人は、もっと背が高かったと思います」

「彼は椅子に腰かけていますが、身長の差がわかりますか?」

「わかります。もっと手足がひょろ長い感じでした」

戸倉が樋口を見た。

樋口は携帯電話を取り出し、防犯カメラの静止画像を彼女に見せた。

「この人物はどうです?」

牧田詠子は、携帯電話を手に取り、しげしげと見つめてから言った。

「あ、そうです。私が見たのはこの人です」

樋口は尋ねた。

「この画像の人物と、向こうの部屋にいる人物は別人だということですか？」

牧田詠子は、不思議そうに樋口を見て言った。

「別人じゃないですか。画像の人物のほうが、身長が高いでしょう」

樋口は返してもらった携帯電話を見た。言われてみると、画像の人物のほうが手足が長いような印象がある。

だが、確かなことは、樋口にはわからない。

樋口は牧田詠子に言った。

「私には、向こうの部屋にいる人物と、この画像の人物が同じ人だと言われても、そうかと思うだけなんですが……」

牧田詠子が言った。

「普通の日本人には見分けがつかないかもしれません。それくらいよく似ていることは確かです」

「普通の日本人には……？」

「私は、ボランティアでバングラデシュにしばらく滞在したことがあります。インドやパキスタンを何度も旅行しています。私には彼らの見分けがつくんです」

「わかりました。ありがとうございました」

それを受けて、戸倉が牧田詠子に言った。

「すみませんが、証言を調書に取らせていただきます。こちらに来ていただけますか」

「わかりました」

戸倉と牧田詠子が部屋を出て行くと、樋口は柳瀬に言った。

「今の証言は、かなり信憑性があると思うが、どうでしょう」

柳瀬はポーカーフェイスに戻っていた。

「たしかに、説得力はありましたね」

「シファーズを帰していいんじゃないですか」

すると佐藤が言った。

「証言者が一人増えただけのことでしょう。防犯カメラの人物とシファーズが別人だということが確認されたわけじゃありません」

樋口は佐藤に言った。

「じゃあ、ＳＳＢＣが、別人だと判断したら、そのときは帰す。いいな」

佐藤は無言で柳瀬を見た。柳瀬は何事か考えていた。

樋口が部屋を出ようとすると、背後から佐藤が言った。

「どうして、テロ事件の被疑者を釈放したがるんですか」

樋口は戸口で立ち止まり、振り向いた。

「本当にテロの犯人だとしたら許すわけにはいかない。だが、怪しいからといって無闇に身柄を取って監禁するわけにはいかないんだ。それくらいのことはわかるはずだ」

「わかりませんね。テロとは断固として戦うというのが世界各国の共通認識です。テロに対しては容赦ない対応が求められているんです」

「そのために人権を無視するわけにはいかないのだ」

「刑事の対応は甘過ぎます。それでは国を守ることはできません」

樋口はできるだけ冷静さを保とうと努力していた。

「人権を無視して国を守っても仕方がない。その先にあるのは、いったいどういう国なのか、考えてみたことはあるのか」

「この国が将来どうなっているか、なんて考えたことはありませんね。国家がなくなれば、そんなことは言っていられないのですから」

「守るべきは、国家の体裁ではなく、国民なのではないか」

「国の枠組みなくして、どうやって国民を守るんですか」

樋口は、議論の終止符を打ちあぐねていた。佐藤が言っていることは看過できない。だが、ここで議論をしている場合ではない。

そのとき、柳瀬が言った。

「やめておけ。樋口さんが言うとおり、人権は大切だ」

佐藤は驚いたように柳瀬を見た。おそらく、柳瀬が樋口の側に立つとは思っていなかったのだろう。

佐藤が言葉を失った隙に、樋口は部屋を出て指揮本部に向かった。

あんなところで若い者と議論をするなんて、実に大人げなかった。樋口は、そう反省していた。

俺はいつも何かに後悔しているような気がする。樋口はそんなことを思っていた。

指揮本部の管理官席に戻ると、天童が樋口に言った。

「戸倉から聞いた。第二の目撃者の話だと、現場付近で見かけた外国人は、シファーズではなかったということだな」

「ええ。そう証言しました」

「戸倉は信憑性があると言っていたが、おまえさん、どう思う?」

樋口は、しばらく考えてから言った。

「私も信憑性は高いと思います」

梅田管理官が、苦い表情で言った。

「じゃあ、やっぱり、シファーズはシロで、身柄を解放しなければならないということかね」

樋口は正直に言った。

「私はそう思います。彼を拘束しておく理由はないと思います」

天童は思案顔で言った。

「SSBCの結果を待っても遅くはないだろう」

樋口は言った。

「人権問題になりかねません。できるだけ早く身柄を解放すべきだと思います」

「いつもそれに悩まされるな」

天童が渋い顔になる。「人権が優先か、犯罪捜査が優先か……」

梅田管理官が言った。

「人権のことは弁護士に任せておけばいい。私らは捜査を最優先に考えるべきだ」

「だが、人権を無視することで証拠を無効にされることもある」

梅田は肩をすくめる。

「シファーズのことは任せる」

樋口は驚いた。

「我々が決めていいんですか？」

梅田は樋口に言った。

「私は強硬にシファーズを拘束しておくべきだと主張できる立場ではないだろう」

「柳瀬や佐藤はそう考えているようですが……」

梅田はそれにはこたえず、天童に言った。

「田端課長が帰らないうちに報告しておく」

梅田が席を立つと、天童が言った。

「俺もいっしょに行こう」

樋口は彼らが幹部席に向かうのを眺めていた。

14

すでに午後十一時過ぎだ。娘の照美に電話をしようと思いつつ、ついこんな時間になってしまった。

照美は宵っ張りなので、まだ起きているだろう。樋口は、他の係長たちに「ちょっと失礼する」と言い置き、講堂の隅に向かった。

電話を取り出し、照美にかける。

コール音五回でも出ない。風呂に入ってでもいるのかと思い、切ろうと思った。

すると、電話がつながった。

「お父さん？」

「ああ。今、ちょっといいか？」

「いいけど……。お父さん、テロの捜査本部で忙しいんじゃないの？」

「まあな……。正確に言うと、捜査本部じゃなく、指揮本部だが……」

「どっちにしろ忙しいんでしょう？　どうしたの？」

「夏休みに何か計画があるんだろう」

「あ、お母さんから聞いたんだ」

「聞いた」

「そう。いろいろと計画を練ってる」

「バックパッカーで、海外を回りたいんだって？」

「そう」

「若い女性の一人旅は危険だと思う」

「お父さんの意見は聞いてないんだけど」

他人に言われても冷静でいられる言葉も、家族に言われると妙に腹が立つ。

「意見を言ってるわけじゃない。無謀なことをさせるわけにはいかないと言ってるんだ」

「私はもう成人しているんだから、やることにいちいち親の許可はいらないと思う」

「成人しているかどうかの問題じゃない。親には、子供を危険な目にあわせないように気を配る義務がある」

「そんなこと、頼んでないじゃない」

売り言葉に買い言葉だ。それはわかっている。だが、自然と声が大きくなる。

「とにかく、父さんは反対だ」

指揮本部に残っていた捜査員の何人かが樋口のほうを見た。

樋口は慌てて声を落とした。

「事件が片づいて帰宅できたときに話をしよう。それまで勝手に事を進めちゃだめだ。いいな」

「準備は早ければ早いほどいいのよ。ぐずぐずしていられない」

「いいから、とにかく待つんだ。また連絡する」

樋口は電話を切った。

娘がかわいかったのは、小学生までだろうか。中学生になった頃から、次第に理解できない生き物に変化していった気がする。

もちろん大切に思っている。もしかしたら、この世の誰よりも大切かもしれない。

だが、直接話をするとつい言い合いになることが多い。娘の反抗期はとっくに終わっている。

それでも、話をするとぎくしゃくするのは、何か根本的な問題があるせいかもしれない。

それが刑事という仕事のせいだとしたら絶望的だと、樋口は思う。

樋口はこれまで、刑事を辞めようと考えたことはない。この先も決してないだろうと思っていた。

出入り口に、柳瀬と佐藤の姿が見えた。戻って来るのがやけに遅かった。マジックミラーの部屋で、何事か話し合っていたのかもしれない。

管理官席に戻るとすぐに、樋口は田端課長に呼ばれた。幹部席の前にはまだ、天童と梅田がいる。

田端課長はさらに、柳瀬と戸倉第二係長を呼んだ。

シファーズの件に違いない。ならば、戸倉係長を呼べば済むことだ。自分が呼ばれた理由がわからなかった。

田端課長は、戸倉係長に言った。

「よく目撃者を見つけたもんだな」

叩き上げの田端課長は、こうして手柄を立てた捜査員らに一声かけることを忘れない。捜査員たちの人望が篤い理由の一つだ。

樋口は常日頃、見習わなければならないと思っていた。

その上で田端課長は戸倉に尋ねた。

「どういう経緯で、目撃者を見つけたんだ？」

「それが、向こうから声をかけてきたんです」

「向こうから……？」

「ええ。聞き込みをやっていると、刑事さんですかって……」

「それで……？」

「爆破事件の捜査かと訊かれたんで、そうだとこたえました。そうしたら、不審な外国人を目撃した、と……」

「話を聞いた場所は？」

「大学の正門近くです」

「目撃者の牧田詠子は、大学の職員だったな？」

「……というか、図書館の臨時雇いのようで、正式な大学職員ではないようです」

田端課長は、視線を樋口に向けた。

「首実検をやって、別人だと言ったんだな？」

樋口はこたえた。

「はい。その後、防犯カメラの映像に残っていた人物の静止画像を見てもらったところ、目撃したのはその人物だと証言しました」

「その人物は、シファーズとは別人だと……」

「はい」

「ヒグっちゃんは、シファーズを釈放すべきだと言っているようだな」

「シファーズが、現場で目撃された中東系、あるいは南アジア系の男性とは別人だとしたら、身柄を拘束している理由はありません」

田端課長が柳瀬に言った。

「それに対して、あんたは、拘束していたほうがいいって言ってるそうだね?」

柳瀬は落ち着いた口調でこたえた。

「シファーズの疑いが晴れたわけではありません」

「だが、シファーズのアリバイが確認された。防犯カメラに写っていた人物は、シファーズではなく、バングラデシュ人だろうと、本人だけじゃなく、新たな目撃者である牧田詠子も言っている。こうなりゃ、釈放でもいいんじゃねえかい?」

田端課長が徐々にべらんめえ調になってきた。その場にいる全員に気を許したということだろう。

普段、気心の知れている相手には、そのような口調で話をするのだ。

柳瀬がこたえた。

「アリバイを確認したと言われましたが、証言をした『シンヨー自動車販売』の経営者と従業員の身元をまだ洗っていないでしょう。牧田詠子もまだ洗っていません。そのような場合、証言を信用するわけにはいきません」

「そろいもそろって、証言者が嘘をついているってのかい？　そいつぁ、考え過ぎってもんじゃねえのかい」

「普通の殺人事件なら、その程度の捜査でいいのでしょう。でもテロとなれば、それでは済みません」

柳瀬の言葉に、田端課長はしばらく考え込んだ。

「なるほどね……」

田端課長が言った。

「公安ってのは用心深いんだな。俺はずっと刑事畑だから、そのへんの呼吸がよくわからねえんだ」

「では、我々に任せていただけますか？」

本来こういうことは、管理官が言うべきだ。樋口はそう思って梅田管理官の顔を見た。

彼は発言しようとはしない。やはり何を考えているのかわからなかった。

田端課長が言った。

「しかしね、俺は部下を信用している。公安のあんたらを信用してねえってわけじゃねえよ。

けどな、付き合いが長いだけ信頼も篤い。ヒグっちゃんや戸倉、それに天さんにゃあ、どれだけ助けられたかわかりゃしねえ。だから、俺は部下の判断を信用する」

柳瀬は言った。

「では、シファーズを釈放するということですね？」

「人権についちゃあ、充分に考慮しなけりゃならねえのさ。あんただって、いつまでも特高の後継者なんて言われ方をするのは嫌だろう」

柳瀬はかすかに笑いを浮かべて言った。

「私は別に気にしませんが……」

「日本の警察はあくまで、民主警察だよ」

たしかに警察法では、民主的理念を基調としている。さらに、警察教養規則の第二条には「民主警察の本質と警察の責務とを自覚し」という文言がある。

だが、日常の業務の忙しさにかまけ、あるいは、犯罪者たちの理不尽な言動に接し続けることで、民主主義など忘れてしまいがちだ。

さらに、最近の若い世代は民主主義を信用していないように感じられる。あるいは、たいして大切なものとは考えていないようだ。民主という言葉が左翼的だと言う声も聞かれる。

人々が民主主義を獲得するまでに、どれくらいの苦難があったか。それが失われたときに、民衆はどんな悲劇に直面するのか。

それを今、考える人が少なくなりつつあるような気がする。

だからこそ、この田端課長の一言は尊いと、樋口は思った。

民主的であることが軽んじられる世の中になりつつあるとしたら、誰かがその流れを止めるために踏ん張らなければならない。

樋口は、真剣にそう考えている。

特高が言論弾圧をしていたのは、つい七十年ほど前の話なのだ。いつその時代に逆戻りするかわからない。

人々が気を許せば、すぐにその権利を奪おうとする。それが支配者というものだ。

そして人権侵害は、一気に起きるのではなく、知らないうちにひたひたと少しずつ進行していくのだ。

かつて警察はその片棒を担いでいた。いや、本来警察の役割は治安維持であり、権力の擁護なのかもしれない。

そう考えると、樋口は憂鬱になるのだが、たてまえであってもそのために、警察法や警察教養規則があるのだ。それは社会学で言う暴力装置に対するストッパーでもある。それを再確認することで少し安心できる。

「心配しなさんな」

田端課長がさらに、柳瀬に言った。

「あんたらに責任取れとは言わねえよ」

「そのご判断が、正しいことを願っています」

田端課長が一同を見回して言った。

「シファーズは釈放だ。ただし……」

天童がそれを受けて言う。

「監視を付ける。そういうことですね？」

天童の言葉に、田端課長はうなずいた。

「そうだ。そして、その役目は梅田管理官に頼みたい。尾行、監視は得意だろう」

梅田は言った。

「了解しました。お任せください」

田端課長はうなずくと言った。

「さて、それじゃ俺は引きあげるぜ。おまえさんたちも、休めるうちに休んでおけ」

捜査員たちが起立して、課長を送り出す。これで捜査幹部はすべて帰宅した。

15

管理官席に戻ると、天童が梅田管理官に言った。

「交代で仮眠を取ろう。先に休んでくれ」

「いや、シファーズの監視態勢を考えなければならない。そちらが先に休んでくれ」

結局、天童もまだこの場を去ろうとはしなかった。彼は樋口に言った。

「係長たちも交代で今のうちに休んでくれ」

樋口は、第一係の塩崎、第二係の戸倉、そして、特殊班の浅井と相談して、シフトを組んだ。先に塩崎と戸倉が休む。四時間後に交代して、明朝午前八時には捜査会議にそなえて、全員が顔をそろえる。

もちろん、事態が動けばこのシフトも吹っ飛び、不眠不休となる。

塩崎と戸倉が指揮本部を出て行った。柔道場に敷かれた蒲団にもぐり込んで仮眠を取るのだ。

全員の所在を把握しているわけではないが、捜査員たちもどこかで適当に休んでいるものと、樋口は思った。

捜査本部や指揮本部はもちろん二十四時間態勢だが、捜査員全員が休みなく突っ走り続けるわけではない。

交代で休まなければすぐに動きは停滞してしまう。人間の体力と集中力には限界があり、休息が必要なのだ。

午前零時を過ぎた頃、天童の携帯電話が振動した。天童は発信者を見てから電話に出た。

「はい」

相手の話を聞きながら、席を離れた。

人のいない、部屋の隅に行く。先ほど樋口が照美に電話をした場所だった。

梅田管理官は、それを気にした様子はなかった。彼は柳瀬、佐藤を呼び、シファーズの監視態勢について話し合っている。

じきにシファーズを釈放する手筈《てはず》になっていた。真夜中であることを理由に、公安捜査員たちが車で彼を送ることになっていた。

尾行する手間を省くためだ。行き先がわかれば、監視がしやすい。梅田は柳瀬に、その後の張り込みの態勢を指示しているのだろう。

浅井も天童の動きを気に留めていない様子だ。

だが、樋口は気になっていた。因幡から連絡があることを知っていたからだ。

天童は、すぐに戻って来て、梅田に言った。

「では、先に休ませてもらう」

梅田はこたえた。

「ああ。了解だ。係長たちと同じで、四時間後に交代でいいだろう」

天童はうなずいて出口に向かった。樋口は立ち上がり、その後を追った。

誰もついてこないことを確認し、部屋を出たところで天童に声をかけた。

振り向いた天童に、樋口は言った。

「因幡ですか？」

天童はうなずいた。

「今、近くにいるらしい。会ってくる」

「私もいっしょに行きます」

「ヒグっちゃんは席を離れられないだろう」

樋口は思案した。

こんなことなら、先に休憩を取ると言っておけばよかった。そうすれば、天童とともに指揮本部を離れられたのだ。

樋口がそんなことを考えていると、廊下の角から戸倉が現れた。トイレか洗面所に行っていたらしい。

樋口は戸倉に言った。

「すまんが、休憩を交代してくれるか？」

戸倉はぽかんとした顔で言った。

「別にかまわないですよ。眠れそうにないんで、指揮本部に戻ろうかと思っていたところです」

「助かる。では、四時間後に交代しよう」

樋口は、先にエレベーターホールに向かっていた天童に追いついた。

「戸倉に休憩を代わってもらいました。私も外に出られます」

「因幡は俺を信用して電話をしてきたんだ。俺一人のほうがいいと思う」

「私は陰に隠れていることにします」

「勘づかれるかもしれない」

「私は刑事ですよ」

「因幡もそうだった。そして、彼は物騒な地域を渡り歩いて、感覚が研ぎ澄まされているだろう」

「うまくやりますよ」

エレベーターが来た。

天童が乗り込む。続いて樋口も乗り込んだ。天童は何も言わなかった。

麹町署を出ると、天童は麹町一丁目にあるダイヤモンドホテルに向かった。樋口は尋ねた。

「ここで待ち合わせですか？」

「電話が来ることになっている」

「どこからか監視しているのでしょうか」

「わからん」

「私は、姿を隠します」

天童がうなずく。

樋口は天童と別れた。遅れてホテルロビーに入っていく。天童は人待ち顔でロビーにたたずんでいる。

ベンチに腰を下ろした。因幡が樋口の顔を覚えている可能性がある。周囲を見回したが因幡の姿はない。

天童が携帯電話を取り出した。着信があったようだ。しばらく話をしていたが、やがて電話を切ると、樋口のほうに近づいてきた。

樋口はベンチから立ち上がった。

「どうしました」

「因幡はヒグっちゃんに気づいている」

「どこからか監視しているということですか？」

「麴町署を出たところから尾行していたようだ」

「それで……？」

「ヒグっちゃんのことを話したら、いっしょに来てもいいということだった」

「場所は？」

「駐車場だ」

「行きましょう」

二人は、駐車場に移動した。すると、エンジンがかかる音が響いた。ヘッドライトが近づいてくる。シルバーメタリックのワゴン車だった。

車は二人の前で停まった。天童が助手席の窓から、運転席の男を確認する。それから彼は助手席のドアを開けた。

樋口は後部座席のドアを開けた。二人が乗り込むと、すぐに車は出発した。

天童が運転席の男に言った。

「どこに行くんだ?」

「話をするために、そのへんを走り回るだけだ」

車は半蔵門から内堀通りに出た。千鳥ヶ淵方面に進む。

「樋口さんだったな?」

運転席の男が言う。「因幡だ。覚えているか?」

「覚えている」

「真面目だが話のわかる男だった。いっしょにいるのがあんたじゃなければ、俺は天童さんに会わずに帰るところだった」

樋口は何も言わず、因幡の次の言葉を待った。

因幡は言った。

「あんたは変わっていないのだろうな、樋口さん」

樋口の代わりに、天童がこたえた。

「ああ、ヒグっちゃんは変わっていない。おまえの見かけは変わったがな……」

たしかに因幡の風貌は変わっていた。かつては、髪をきちんと刈り、しっかりと固めていた。今どき、チックという整髪料を使うのは、警察官くらいだと言われている。警備部の警護課などでは、今でも油で頭髪をきっちりと固めているのだ。

かつて因幡もそのような髪型をしていた。

今は耳が隠れるくらいの長髪だ。そして、髯《ひげ》を生やしている。アラブの男たちはほとんど髯を生やしているという。それにならっているのだろうか。

ずいぶんと日焼けしている。樋口が知っている時代よりも、頬がこけたようにも見える。

因幡はかすかに笑ったようだった。

「警察官時代のように、定期的に床屋に行く、なんてことはできないんでね」

「いつ日本に戻った」

「戻ったつもりはない。訪問しただけだ」

「また海外に出かけるというのか」

「もう、日本に俺の居場所はない」

「そんなことはない」

「そういう話をしに来たわけじゃない。海外で得た情報を伝えに来た」

「テロの情報か？」

「そう」

「すでに起きてしまったがな……」

「今日起きた爆発は、本番ではない」

因幡はダッシュボードの時計を見たのか、訂正した。

「日が変わったから、爆発が起きたのは昨日ということになるな……」

天童が尋ねる。

「本番ではない？」

「二名の死亡者には悪いが、ほとんど被害が出ていないだろう。日本でいつでもテロを起こせるというデモンストレーションだった。だから、犯行声明もまだ出ていない」

たしかに、どこからも犯行声明が出ていない。それではテロの意味がない。

「この先、また事件が起きるということか？」

「事件を起こそうとしているやつらがいる」

「何者だ？」

「宗教的な過激派だ」

因幡は中東で勢力を拡大している国際テロ組織の名前を出した。「『聖戦のための国際戦線』という下部組織があり、今回のテロを計画して、実行しようとしているのは、その組織だ」

「『聖戦のための国際戦線』……？」

「我々は単に国際戦線と呼んだりするがね」

「その連中が入国したということか？」

「実動部隊が入国したわけじゃない」

「どういうことだ？」

「スリーパーがいたんだ」

スリーパーというのは、潜入工作員の一種だ。潜入して普通の日常生活を送り、現地に一般人として根を張る。

そして、指令など何かのきっかけで「目覚め」、活動を開始する。いつ目覚めるのかは、本人にもわからない。それまでずっと、深く日常に潜行しているのだ。

「防犯カメラに、関係者と思われる男が写っていた。おそらくバングラデシュ人だろうということだ」

天童が言うと、因幡はうなずいた。

「スリーパーは、どんな国の人間かわからない。国際戦線にはヨーロッパの先進国の若者も参加している。それこそ、日本人でも不思議はない」

「日本人でも不思議はない、か……」

天童が、因幡の言葉を繰り返した。「おまえが、その国際戦線のメンバーじゃないと、誰が証明してくれるんだ？」

因幡がかすかに笑ったのがわかった。

「誰も証明してくれない。だからこうして、人目を忍んで、あんたに会っているんだ」

「公安はおまえを追っている」

「当然だ。もし俺が公安だとしても、そうするだろう。でなけりゃ、警察官失格だ」

車は、靖国神社前を過ぎて九段下を過ぎ、俎橋《まないたばし》から神田橋に向かう。ただお濠《ほり》の周りを回っているだけのようだ。

天童が言う。

「俺はおまえの身柄を拘束することもできる」

「驚いたな。今どういう状況なのか把握していないのか？」

「どういう状況なのか……？」

「あんたは、俺がハンドルを握る車に乗っている。この状態で俺を拘束などできない」

「俺は携帯電話を持っている。応援を呼べばすぐにおまえは捕まる」

「だが、あんたは電話はかけない」

そう確信している言い方だった。

樋口も同じことを考えていた。天童が応援を呼んで因幡の身柄を確保することはないだろう。因幡からの電話のことは、公安には内緒にしたままだ。そして、樋口以外の誰にも言わずに、こうして因幡に会いに来たのだ。

天童は、因幡が自分に電話をかけてきたことに腹を立てているのかもしれない。他意のない電話なら歓迎しただろう。だが、因幡は天童が秘密にすることを見越した上で電話をしてきたのだ。

いわば天童を共犯関係に仕立て上げた。そして、樋口は自ら進んで共犯になったというわけだ。

しかし、何の共犯だろう。テロでないことだけは確かだ。因幡はテロを防ごうとしている。それは信じていいと、樋口は思った。

16

因幡が言った。

「懐かしくて、つい無駄話をしてしまった。実行犯がスリーパーだったことは、俺が突き止めている。あとはそのスリーパーを見つけるだけだ」

天童が尋ねる。

「そいつの身元はわかっているのか」

「残念ながら、それがわからない」

「スリーパーが誰だか知っている者は？」

「一人いた」

「その人物は？」

「死んだ。ベルギー国内で自爆テロを起こしたんだ」

「国際戦線とやらのメンバーで知っているやつがいるんじゃないのか？」

「いるかもしれんが、俺は彼らと連絡を取る術《すべ》がない。ベルギーで死んだやつが、唯一のチャンネルだった」

「国際戦線が日本でテロを計画しているというのも、その人物からの情報だったのか？」

「そう。裏は取った」

「スリーパーの手がかりは？」

「人脈をフルに活用して探りを入れている。だが、まだ手がかりはない」

「何のために、俺と連絡を取ったんだ？」

「時間が必要だ。それを伝えたかった。必ずスリーパーは突き止める」

「だから、公安からおまえを守れというのか」

「テロを防ぐにはそれしかない」

天童はかぶりを振った。

「ばかを言うな。おまえの身柄を拘束して情報を引き出せばいいだけだ」

天童の言葉に、因幡はまた笑った。

「身柄を取られたら、俺は何もしゃべらないよ。公安はあの手この手で俺を犯罪者にしようとするだろうからな」

「言っていることが矛盾している。おまえはテロを防ぎたいんだろう？」

「防ぎたい。だが、それと同時に自分の身も守らなければならない。犯罪者にされるのは真っ平だ。無事に日本を出国したい」

「犯罪者にされるとは限らない。おまえが国際戦線と関係があるという証拠はないんだ」

「ベルギーで死んだ情報提供者と、ブリュッセルで会っているところを、ＳＶＤに撮影された」

「ＳＶＤ……？」

「ベルギーの国家公安庁だ。その情報は、フランスのDGSEやドイツのBNDなどヨーロッパの情報機関の間で共有されている。当然、日本の公安にもその情報は流れているはずだ」

DGSEは、フランス対外治安総局だ。かつてSDECEと呼ばれていた。

BNDはドイツ連邦情報局。殺人事件など強行犯担当の樋口も、昨今はそういった海外の情報機関の勉強をさせられる。

昔はCIA（アメリカ中央情報局）やFSB（ロシア連邦保安庁）くらいを知っていれば済んだ。

中東問題に端を発するテロが世界各国で起きるようになり、イスラエルのモサド（諜報特務庁）などがクローズアップされることになった。

テロが世界中に拡散していくにつれて、樋口も無関心ではいられなかった。……というより、樋口は昔からテロ対策に関心を持っていた。

海外の諜報機関や公安当局が、テロとどのように戦ってきたか。それを学ぶことは、日常の殺人捜査とは違った興味を覚えた。

「なるほど……」

天童が言った。「それで、公安のやつらはおまえの動向を把握していたんだな」

「やつらにとって、すでに俺はテロリストなんだ。何を言っても聞く耳を持たないだろう」

「だが、おまえはテロリストではないということだな」

「違う」

「では、何なのだ？」

「ジャーナリストだ」

「都合のいい身分だな」

「実際俺は、アメリカのニュースサイトと契約をしている」

「では、公安にそう主張すればいい。調べれば本当のことがわかるはずだ」

「俺のことを調べているうちに、テロが起きてしまう。公安にどう思われていようとかまわない。捕まりさえしなければいいんだ。そして、日本国内でのテロを防ぐことができれば……」

「日本を出て行き、海外で暮らしているのだろう？　つまり日本を捨てたわけだ。そんなやつがどうして日本国内のテロを気にするんだ？」

「日本を捨てたわけじゃない。たしかに国を出るときには、かなり自暴自棄だったかもしれない。だが、外から日本を眺めていて、俺は本当の愛国者になった」

国内ではなかなか愛国者であることを言明できない。愛国という言葉が第二次世界大戦の苦い記憶と結びついているせいもある。

また、右翼団体などがその言葉を利用するのですっかりイメージが悪くなってしまった。戦後のマスコミは、愛国という言葉をまるで禁忌のように扱った。

それやこれやで、なかなか素直に愛国者だとは言いにくい状況になってしまった。海外にいたほうが、愛国者であることを意識するし言いやすいのは確かだ。

「愛国者ね……」

天童が言った。「それが日本に戻って来た理由か」

「そうだ。俺は愛する祖国でテロを起こすやつを許さない」

「公安からおまえを守れということだが、約束はできない」

「時間を稼げればいいんだ」

「俺は、警察官として、おまえから連絡があり接触したことを報告しなければならない」

「スリーパーの情報がほしくないのか？」

「当然ほしい」

「俺が身柄拘束されたら、情報は手に入らなくなる」

天童はしばらく考えてから、かぶりを振った。

「やっぱりだめだ。こういうやり方ではなく、おまえと協力し合う方法があるはずだ」

「俺もいろいろ考えた。だが、他にいい方法などなかった。公安が俺をマークしていなければ、いくらでも方法はあったはずだがな……」

「俺も個人的にはおまえを公安から守ってやりたい。だが、俺だって警察官なんだ」

「日本をテロから守るんだ」

車が停まった。

半蔵門の交差点だった。お濠の周囲を二周していた。

話は終わりだということだ。

天童が無言で助手席から降りた。樋口も降りた。

すぐに車が走り去った。樋口はナンバーを確認した。「わ」ナンバーだった。レンタカーだ。

いちおう当たってみようと思った。

天童が麴町署に向かって歩き出した。樋口はそれに従った。

「愛国者か……」

天童が言った。「あいつらしいよ」

「あいつらしい……？」

「因幡は、正義感の強い男だ。まあ、結局それで警察を、そして日本を去ることになったわけだが……。あいつは、自分が正しいと思ったことは、相手が誰であろうがはっきりと主張した。真っ直ぐな男なんだよ。だが、そういう男は組織では生きにくい」

「さらに言えば、日本では生きにくい、ということでしょうね」

「さて、どうしたものかな……」

樋口は何も言わなかった。こたえなどわからない。

天童がさらに言う。

「ヒグっちゃんなら、どうする？」

「天童さんはどうしたいのですか？」

天童は、しばらく考えてからこたえた。

「俺は、因幡を守ってやりたい」

「公安には秘密にし続けるということですね」

「ヒグっちゃんは認めないだろうな。おそらく愚かな選択だ。理屈で考えたら、公安に因幡から連絡があったことは伝えるべきだ」

「いえ、私は……」

「ナンバーをチェックしただろう？」

「ええ。レンタカーでした」

「そのナンバーも、公安に教えるべきだろうな」

樋口は深呼吸をしてからこたえた。

「私は、天童さんに賛成です」

天童が立ち止まり、意外そうな顔で樋口を見た。樋口も立ち止まり、続けた。

「公安が常に正しいわけではありません。そして、警察という組織の理論が常に正しいわけでもない。守りたいものを守るのも必要だと思います」

「まさか、ヒグっちゃんがそんなことを言うとは思わなかった」

「なぜです？」

「ヒグっちゃんは常に理性的だ」

「因幡に賭けてみる手もあると思います」

樋口の言葉に、天童はまた意外そうな顔を見せた。

「本当にそれでいいのか？」

樋口は、自分にも納得させるように大きくうなずいた。

「今公安が因幡の身柄を押さえたら、何が何でも口を割らせようとするでしょう。そして、おそらく叩けば何らかの埃《ほこり》は出ます。海外に出て、これまで何の違法行為もせずに暮らしてこられたとは思えません」

「だが、因幡は何も話さない……」

「そうでしょうね。すると時間ばかりが過ぎていき、テロが起きてしまうかもしれません」

天童は考えながら言った。

「公安が因幡の身柄を押さえることで、せっかくの情報を封じ込めてしまうことになる。そういうことだな」

「因幡の態度を見ると、そういうふうに思えますね」

天童が歩きはじめた。樋口も歩き出す。

天童が言った。

「公安はいずれ、俺たちが因幡と連絡を取っていたことを嗅ぎつけるだろう。そうなれば責任問題だな……」

樋口は、深呼吸してから言った。

「覚悟はできています。責任は取りますよ」

「おい、ヒグっちゃん。冗談じゃない。責任を取るのは俺の役目だ。因幡と連絡を取ったのは俺だ。責任はすべて俺にある」

「いえ、会って話を聞いたのですから、私も同じ立場です」

「ヒグっちゃんのクビが飛ぶようなことがあったら、俺は恵子さんや照美ちゃんに顔向けができない」

家族のことを言われると、樋口も弱い。

「でも、今さら後には退《ひ》けません」

「申し訳ないことをしたな……」

「そんなふうにお考えになる必要はありません。私は、次のテロを未然に防ぐために何が最善かを考えて選択しただけです」

天童はうなずいてから言った。

「それにしても、因幡の口のきき方には驚いたんじゃないのか？」

「口のきき方……？」

「あいつは、ヒグっちゃんの後輩なのに、タメ口だった」

「ああ、そうでしたね」

「自分はもう警察の人間ではない。だから、我々は上司でも先輩でもなく対等の立場だ。因幡はそれを強調したかったのだと思う」

「元上司や元先輩に会ったときは、警察にいたときのように、丁寧な言葉でしゃべるほうが楽だと思います。天童さんがおっしゃるように、因幡のはっきりとした意思が感じられたので、まったく不愉快ではありませんでした」

「そうか。それならいいが……。ヒグっちゃんは、そういうことにはうるさいと思っていたのでな……」

「それも誤解です。私は、けっこういい加減なところがあるんです」

「誰もそうは思わないよ」

そうなのだろうか。

樋口はまた、戸惑いを覚えてしまう。

それから、二人は無言で歩き続けた。

樋口は、柔道場に向かい、わずかの時間でも眠ろうと思った。

柔道場の明かりは消えており、並んだ蒲団に廊下の明かりが差し込んでいる。あちらこちらからいびきが聞こえる。

樋口は大きないびきからなるべく遠い蒲団を選んで服のままもぐり込んだ。ズボンもシャツもしわになるが、指揮本部でそんなことを気にする者はいない。

蒲団の中で樋口は因幡のことを考えていた。いったい、どこでどんな生活をしてきたのだろう。

天童には不愉快ではないと言ったが、実は因幡のタメ口には、最初むっとしたのだ。

だが、じきに因幡が意識してそういう口調で話しているのだということに気づいた。

因幡の強い意志が感じられて、そのうちに好感さえ持つようになったのだ。

実は、警察時代の因幡をあまりよく覚えてはいなかった。真面目で正義感が強いということは認識していた。

いや認識していたと思う。だが、それだけのことだ。特に面白いやつだと思ったこともない。

だが、今日会った因幡は別人だった。天童との会話を聞いているうちに、樋口は因幡に興味を抱いた。

おそらく警察にいたら、ああいう男にはなっていなかっただろう。警察を出て、いや、日本を出て、いろいろな経験をしたことで彼は変わったのだ。

それがうらやましくもあった。そして、そういうことができる人物に対して、コンプレックスを覚えた。

樋口は、よく言えば石橋を叩いて渡るタイプだ。悪く言えば、臆病で引っ込み思案だ。

若い頃には、海外を渡り歩き、いろいろな経験をすることに憧れたものだ。だが、実際にはそういう生き方を選ばなかった。

海外旅行の経験も数えるくらいしかなく、そのすべてがパック旅行だ。

海外の放浪など、憧れはするが実際にやろうとは思わなかった。得られるものや楽しさよりも、危険や面倒事に頭がいってしまうのだ。

辺境の地で、交通手段もなく取り残されて途方にくれるところを想像して、ぞっとする。

言葉の通じないゲリラや犯罪組織に拘束されることを思い描いて、恐怖に身がすくむのだ。

因幡は、数々の修羅場をくぐってきたに違いない。自分にはそんな真似はできない。

今、照美がそれに近いことをやろうとしている。樋口は、それに反対する理由を考えてみた。

まずは照美の身の安全のためだ。女性のバックパッカーなど、危険きわまりない。

だがもしかしたら、反対しているのは、自分が臆病だからかもしれない。ふと、樋口はそんなことを思った。

もし照美が、因幡に同じことを言ったら、因幡はどうこたえるだろう。

「行けばいい。ただし、自己責任で」

そんなことを言いそうだと、樋口は思った。想像でしかない。だが、因幡は長い間、海外で暮らしている。それも安全とは言えない地域に出入りしているはずだ。

照美の海外旅行に反対なのは、コンプレックスのせいなのかもしれない。もし、因幡に会わなければ、そんなことは考えなかっただろう。

コンプレックスのせいだろうが何だろうが、反対なものは反対だ。照美のことが心配なのは事実なのだ。

事件が終わったら、ちゃんと話をしよう。樋口は、そう思って寝返りを打った。それからほどなく眠った。

17

午前四時に、戸倉と交代するために、指揮本部に戻った。樋口は、二時間半ほどぐっすりと眠った。

もちろん睡眠時間は足りないが、熟睡したことで体調も気分も悪くなかった。ほどなく天童も姿を見せた。交代で、梅田管理官が席を立った。

天童は、戸倉に言った。

「引き継ぎをして休んでくれ。シファーズはどうなったんだ？」

天童の質問に、戸倉はこたえた。

「シファーズは午前一時頃に釈放になりました。公安の柳瀬と佐藤が、車で自宅まで送っていきました」

「その後、柳瀬から連絡は？」

「毎正時に定時連絡があります」

一時間ごとに連絡が入るということだ。午前一時頃署を出発したということはつまり、二時、三時、四時の三回、連絡があったということになる。

「何か変わったことは？」

「自宅に帰ってから、シファーズに動きはないということです。まあ、普通は寝てるでしょうね」

「わかった。休んでくれ」

戸倉と、特殊班の浅井係長が管理官席を離れて、指揮本部を出て行った。

塩崎がやってきて席に着いた。眠そうな顔をしている。おそらく自分も似たような顔をしているのだろうと、樋口は思った。

天童が樋口に言った。

「シファーズによく似ているというバングラデシュ人を見つけなければならないな」

「朝一でかかりましょう」

それを聞いた塩崎が言った。

「あ、すでに入管から情報提供してもらって、ある程度絞られています。今も当たれるところは捜査員が当たっています」

天童がそれにこたえた。

「そいつはいい。俺がいなくてもやることはやっているということだな」

塩崎がにっと笑った。

「梅田管理官も、けっこう優秀だということですね」

「彼は間違いなく優秀だよ。ただな……」

塩崎が興味深げに尋ねた。

「ただ、何です？」

「公安だから、刑事とは何かとやり方が違うだけだ」

「そうですね。こうして、公安の連中が姿を消してくれるとやりやすいですね」

「ずいぶん辛辣《しんらつ》じゃないか」

「柳瀬の定時連絡は、梅田管理官に入るのです。私らは、その内容についてすべて把握できているわけじゃない……」

「だが、梅田管理官は、異常なし、と言っているんだろう」

「何か異常があっても、私ら刑事には、そう言いますよ。天童管理官も、そうなさるんじゃないですか？」

天童は肩をすくめた。

「どうだろうね。公安に行くことなど考えたことはないからなあ……」

だが、あり得ないことではないと、樋口は思った。

警察官の人事異動は、いつどこに飛ばされるかわからない。天童が今後、公安に行かないという保証は何もない。

樋口は塩崎に尋ねた。

「柳瀬が梅田管理官だけに伝えていることがある、ということですか？」

「いや、そうだと言っているわけじゃない。そういうことがあってもおかしくはないって話だよ」

樋口は天童に言った。

「シファーズの監視に、刑事も交ぜておくべきでしたね」

「田端課長が、梅田に任せると言ったんだ。今さらそんなことを言ってもしょうがないよ」

「課長はなぜ、尾行や監視を公安に任せると言ったのでしょうね？」

天童はしばらく考えてから声を落とした。

「シファーズがシロだからだろう」

塩崎が眉間にしわを刻んで尋ねる。

「どういうことです？」

「シロだが、柳瀬が釈放すべきでないとこだわった。だったら、そっちで勝手に面倒を見てくれ。課長はそう考えたに違いない」

なるほど、と樋口は思った。

柳瀬と佐藤は、シファーズを拘束しておくべきだと主張した。田端課長が、シファーズを監視させることで、二人の主張を認めたような形になった。

同時に、田端課長は捜査の本筋から柳瀬たちを外してしまったというわけだ。

さすがは田端課長だと、樋口は思った。

「もうじき、夜明けだな」

天童が言った。「一気に情報が増えるぞ」

二人の係長は同時にうなずいた。

夜明け前はさすがに世の中が動いていないので、聞き込みの成果も上がらない。

家宅捜索も、夜明けから日没までと決められている。聞き込みは、強制捜査ではないので、令状を取っての捜索とは別だが、なんとなく、同じような流れになることが多い。

夜明け前に人の家を訪ねるのははばかられるが、明るくなってからだと許されるような気がするのだ。

天童は経験上、そのことをよく心得ている。樋口も同様だった。

実際、天童が言うとおりだった。明るくなってから、徐々に電話の数が増えはじめた。指揮本部内の捜査員の数も増える。夜明け前は停滞していた本部内の雰囲気が、一気に活気を帯びてきた。

「バングラデシュ人の身柄を押さえた？」

電話を受けた天童が、受話器の向こうの相手にそう言ったのは、午前七時四十五分頃のことだ。

樋口と塩崎は受話器を持った天童に注目していた。声を聞きつけた捜査員たちが管理官席に近づいてくる。

電話を切ると、天童が言った。

「事件当時、現場近くにいたバングラデシュ人の身柄を押さえた。今こちらに運んでいるそうだ」

樋口は尋ねた。

「そのバングラデシュ人は、シファーズに似ているんですね？」

うことだ」

「捜査員によると、特徴がよく似ており、日本人には見分けることが難しいかもしれないとい

「柳瀬と佐藤は、シファーズをまだ監視しているのですね？」

「している。午前五時と六時に、俺あてに異常なしという報告があった」

「バングラデシュ人のことを、柳瀬たちに知らせてやるべきではないでしょうか」

天童はしばらく考えてから言った。

「それは、梅田管理官に任せよう。いずれにしろ、当人から話を聞くのが先決だ。午前八時から捜査会議だが、身柄が届いたら、ヒグっちゃんと、シオの二人で、調べをやってくれ。会議よりそっちを優先だ」

樋口はこたえた。

「了解しました」

午前七時五十分には、梅田管理官、戸倉、浅井も起きてきた。

天童はすぐに、三人にバングラデシュ人のことを告げた。

梅田管理官が言った。

「柳瀬たちは、まだシファーズを見張っているんだね？」

天童がうなずいた。

「監視している。バングラデシュ人のことを知らせようか？」

梅田管理官はしばらく考えてからこたえた。

「まずは、バングラデシュ人から話を聞いてみよう。二人に知らせるのはそれからでも遅くはない」

「わかった」

午前八時には、麹町署長と田端捜査一課長がやってきた。捜査員たちは起立して彼らを迎える。

すぐに捜査会議が始まった。天童がバングラデシュ人のことを告げると、田端課長が言った。

「朝からいい知らせだな」

18

八時十五分に、バングラデシュ人の身柄が到着した。樋口と塩崎は、会議中だが席を離れ、取調室に向かった。

スチールデスクの向こうにいる対象者を見たとき、樋口は驚いた。シファーズにそっくりだった。

たしかに、目撃者の牧田詠子が言っていたように、シファーズより細身だ。だが、同一人物と言われても否定はできない。

特に日本人から見ると区別がつかないだろう。

樋口は、身柄を運んできて付き添っている捜査員に尋ねた。

「言葉は……？」

「それが、彼は日本人なんです」

樋口は眉をひそめた。

「バングラデシュ系日本人です。父親が帰化しまして、彼は二世ということになります」

「なるほど、日本で生まれて日本で育ったわけか」

「そうです」

樋口と塩崎が彼の正面に並んで座った。付き添っていた捜査員が記録係をやる。

バングラデシュ系の日本人は、不安そうだった。樋口は尋ねた。

「名前を教えてくれますか？」

「加羅夢《カラム》・アブドル・ハキムです。加羅夢は、漢字で書きます。加えるに羅生門の羅、それに夢です」

「住所は？」

「杉並区本天沼二丁目……。ねえ、説明してもらえますか？　どうして僕は警察に連れて来られたのですか？」

尋問の際に、刑事は相手からの質問にはこたえない。だが、この場合はこたえたほうがいいと、樋口は判断した。

「四谷であった爆発事件をご存じですね？」

「ええ……」

「事件当時、あなたを現場付近で目撃したという人がいるのです」

加羅夢はうんざりしたような顔をした。

「この見かけのせいですね。いつも中東系と間違えられます。ベンガル人はアラブ人とは違うのに……」

「あなたは日本人なのですね？」

「そうです。日本で生まれ育ちました。国籍も日本です」

「お父さんが帰化されたのですね。お父さんのご職業は？」

「革の輸入をする会社を経営しています」

「社長さんですか」

「小さな会社ですが……。バングラデシュは革をたくさん日本に輸出していますから」

「四谷で爆発事件があったとき、現場付近にいらっしゃいましたね？」

「ええ、たしかにいました」

加羅夢はあっさりと認めた。

「そこで何をしていたのですか？」

「大学に用事がありました」

「どんな用事ですか？」

「研究に必要な資料が、大学の図書館にあると言われて、それを取りに行ったのです」

「研究に必要な資料？」

「僕は、別の大学の大学院で、経済学の研究をしています」

「その資料をあの大学の図書館に取りにいらした、と……」

「そうです」

「わざわざあの時間に？」

「たまたまです。資料を受け取り、大学を出ようとしたときに、あの騒ぎですよ。本当に驚きました」

「それは、どんな資料ですか？」

「アメリカで書かれた、古い経済学の本です。ずっと探していたのですが、ようやくあの大学の図書館にあるということがわかって……」

嘘を言っていないだろうか。樋口は観察していた。

加羅夢は、ややおどおどしているように見えるが、いきなり取調室に連れて来られたら、誰でもそうなる。

それが犯罪者であることを物語っているわけではないと、樋口は思った。彼が言ったことの裏を取ることが大切だ。

樋口は質問を続けた。

「探していたのは貴重な本なのですか?」

「貴重というか……。日本ではあまり取り沙汰されなかった本で、国内では希少本ということになりますね」

「何という本ですか?」

「ディック・マーロウという経済学者が書いた『ケインズの断崖』という本です。一九五〇年代に書かれた本ですが、すでにヘッジファンドのような投機の問題など、成熟して停滞していく資本主義経済のことを予言しているのです」

「経済のことはよくわかりませんが、それがあなたの研究にとって必要な本だったのですね?」

「ええ、ネットでその本のことを知って以来、ずっと読んでみたいと思っていました」

「どうやって見つけたのですか?」

「ネットで呼びかけたのです。その本を所有している人で貸してくれる人はいないか。あるいは、所蔵している図書館などを知らないかと……」

「それに反応があったというわけですね」

「そういうことです」

「ネット上で？」

「そうです」

「メールか何かですか？」

「メールでやり取りをしましたが、きっかけは掲示板でした」

「掲示板？」

「文献情報をやり取りする掲示板があるのです。そこに『ケインズの断崖』のことを書き込んだのです。すると、反応がありました。その相手とは最終的にメールで打ち合わせをしました」

「そのメールの相手のことを教えてください。名前は？」

「名前はわかりません。ハンドルネームでやり取りをしました」

「ハンドルネーム？　学術的な情報をやり取りする掲示板なのでしょう。それなのに、ハンドルネームですか？」

「別に不思議はないと思います。掲示板なんですから……」

そんなものなのだろうか。樋口は疑問に思った。

「本名を明らかにしないと、情報の信頼性が落ちるのではないですか？」

「ネットに慣れている人は書き込まれていることに信憑性があるかどうかは、だいたい判断できるのです」

「それにしても、そのような掲示板で実名を隠す必要はないと思いますが……」

「ネットではどこの誰が見ているかわからないのです。基本的に世界中の人に公開されているわけですから……。そんなところで本名をさらすのは危険じゃないですか」

なるほど、インターネットに慣れ親しんでいる人たちは、その危険性も充分に把握しているというわけだ。

「メールで打ち合わせをしたときも、本名を書かなかったのですか？」

「こちらは書きました。頼み事をする側の礼儀ですから。でも、向こうはハンドルネームのままでしたね」

「その人物が、例の大学の図書館にお探しの本があると教えてくれたのですね？」

「それだけじゃなく、貸し出しの手筈を整えて、日時を指定してきました」

「日時を指定……」

樋口は眉をひそめた。

「それは妙じゃないですか？　図書館にある本なら、何も日時を指定する必要などないでしょう」

加羅夢は肩をすくめた。

「別に妙だとは思いませんでしたね」

樋口の問いに加羅夢はこたえた。「図書館の側の都合じゃないかと思いました」

「図書館ではその人物に会ったのですか？」

「いえ、会っていないと思います。図書館の受付で名乗ると、本が用意されていました」

「その人物は、大学図書館の職員なのでしょうか？」

「それもわかりません。でも、僕にはどうでもいいことです。だまされたのならいざ知らず、実際に『ケインズの断崖』を手にすることができたのです」

樋口は、小さく溜め息をついてから、隣の塩崎に言った。

「ちょっといいですか？」

「ああ」

二人は取調室を出た。

「どう思います？」

廊下で樋口は塩崎に尋ねた。

「嘘を言っているとは思えないな」

「事件当時、現場近くにいた外国人というのは、彼で間違いないですね」

「ああ。実際には外国人ではなく日本人だったがな……」

「図書館というのがひっかかるんです」

樋口が言うと、塩崎はうなずいた。

「俺もだ。牧田詠子のことだろう」

「そう。現場近くで外国人を目撃したと彼女は言いました。そして、彼女は大学の図書館に勤めている。これは偶然でしょうか」

塩崎がふんと鼻で笑った。

「偶然で済ましちまったら刑事失格だ。彼女をもう一度呼んで、首実検してもらおう」

「話を聞く必要もありますね」

「もちろんだ。俺が戸倉に電話しておく」

樋口はうなずいて、先に取調室に戻った。加羅夢はずっとかしこまった様子だった。樋口はなんだか彼が気の毒になってきた。

取調室内で、対象者を気の毒に思う刑事がいるだろうか。もしかしたら、自分だけかもしれない。

そんなことを考えながら樋口は言った。

「事件当時、何かを見ませんでしたか？」

「は……？」

「怪しい人物とか……」

「さあ……。でも、テロとかいいますが、起きた当初はあまり大騒ぎにならないんですね。それが意外でした」

「どういうことです？」

「最初、地面が揺れたんです。爆発音も大きかったですけど、それよりも振動に驚きましたね。でも、周囲の人は、すぐに大騒ぎはしないんです。ぽかんとする人がいるし、驚いた顔の人もいるんですが、それでも立ち止まったり、様子を見ようという人はあまりいなかったんです」

樋口はうなずいた。実際の被害が思ったほど大きくなかったので、大惨事という印象がないのだ。

「日常を維持しようという思いが強いのです。非日常的なことが起きているということを認めたくないのです。つまり、何かが起きても、普通の人は、たいしたことではないと思いたがるものなのです。それが、災害の際に被害を大きくする原因になったりします」

俺は何を言っているのだろう。樋口は思った。

取り調べの相手と世間話のような会話を交わしている。

そこに塩崎が戻って来て、樋口に耳打ちした。

「手筈が整ったら、向こうから連絡があるはずだ」

樋口はうなずいた。

牧田詠子がやってきて、首実検をするまで、加羅夢を拘束していなければならない。

それまで、加羅夢の取り調べを続けるべきだろうか。それとも、一人で放っておいてもいいものだろうか。

隣の席に戻って来た塩崎に尋ねてみたい気もした。だが、そんなことを訊いたら笑われそうだと思った。

樋口は周囲から頼りにされているほうだという自覚がある。だが、実際は迷ったり困ったりすることが多い。

それをなるべく表に出さないようにしているだけだ。つまり、恰好をつけているだけだと自分では思っている。

だから、妙なところで判断に困ることがある。今がそうだった。

樋口はさりげなく塩崎に尋ねることにした。

「何か訊きたいことはありますか？」

19

塩崎はわずかに身を乗り出して加羅夢に尋ねた。

「バングラデシュ人の友人などはいるのかね？」

加羅夢は虚を衝かれたように目を丸くした。

「は……？」

「バングラデシュ人の友人だよ」

「ええと……。父の友人でバングラデシュ人がいて、その家族などは知り合いですが……」

「そういう人たちが、何か特別な組織と関わっているようなことはないか？」

「何か特別な組織って……」

「例えば宗教的な……」

「どういう意味ですか？」

「質問しているのはこっちなんだよ」

加羅夢は怒りの表情を浮かべた。

「過激派のことを言ってるんですね。知り合いにそんなやつはいません」

「君の宗教は？」

「そんなことをこたえる必要はないでしょう」

加羅夢の怒りが募っていくようだった。

塩崎のやり方は、いわば常套《じようとう》手段だ。相手の感情を揺さぶるのだ。

だから、刑事は取り調べで相手を挑発する。嘲り、罵《ののし》り、あるいは恐怖に陥れる。

樋口はいつも思う。刑事だって公安のことは言えない。かつての特高と似たようなことをやっているのだ。

ホンボシと睨んだ相手には、比較的丁寧に接する。送検・起訴の後も検事調書のための取り調べなどもあり、付き合いが長くなるし、本当のことをしゃべってもらわなければならないので、それなりの手心を加える。

また、公判の際に違法捜査等の不手際がないように、人権にも気をつかわなければならない。

だが、参考人の取り調べはそんな気をつかう必要はないので、相当にきつくなる。

相手が挑発に乗ってくれればしめたものだ。うまくすれば、任意同行だったものを、公務執行妨害で逮捕できるのだ。

それが警察のやり方として定着しているので、多くの刑事は、それに慣れてしまっている。

だが、樋口はどうしても慣れることができなかった。相手を挑発したり、恫喝したりということが、もともと嫌いなのだ。

取り調べの相手は、たいていはしたたかな犯罪者や反社会的な連中だ。きれい事は言っていられない。

それはわかっているが、樋口は相手の感情を揺さぶることが得意ではなかった。

塩崎の追及が続く。

「必要だから訊いてるんだよ。父親がバングラデシュ人だったんだから、宗教は明らかだよな」

「僕自身は無宗教です」

「言い逃れしようったってそうはいかない。おまえらが世界中でテロを起こしているんだろう」

挑発としても言い過ぎだ。樋口はそう思った。

「そのへんにしておいたほうがいいでしょう」

樋口が言うと、塩崎は忌々しげに鼻を鳴らして口をつぐんだ。

悪い警官といい警官。いつしかそういう役割分担ができていた。

樋口は加羅夢に言った。

「過激派のテロについては、同じ宗教の人たちが一番迷惑を被っていることはよくわかっています。誰だって自爆テロなんてやりたくはない。それをやらなければならない状況に追い込まれる人々がいるということなんでしょう」

加羅夢はまだ怒りの表情だ。

「無宗教だと言ったのは本当です。僕自身は信仰心はありません。父も、帰化するときに、日本での商売の障害になることがあるからと、宗教を捨てました」

「今回の爆発事件の背後に、ある組織が関与している可能性が高いのです。『聖戦のための国際戦線』って、聞いたことはありませんか？」

　この言葉には、加羅夢よりも隣の塩崎のほうが強く反応した。驚いた様子で、樋口のほうを見たのだ。

　樋口は加羅夢を見たままだった。

　加羅夢がこたえた。

「聞いたことはありません。僕はそういうものとは無関係なんです」

「では、牧田詠子という名前を聞いたことは？」

「マキタ・エイコですか？　いいえ知りません」

「本当ですね？　嘘をついてもいずれはわかることなんですよ」

「本当に知らない人なんです。僕に嘘をつかなきゃならない理由なんてありませんし……」

　塩崎が言った。

「車爆弾の自爆テロをやる予定だったんじゃないのか？　だけど、途中で怖くなって車から逃げ出したんだろう。そして、車だけが爆発した。いいか？　このテロのせいで、二人も人が死んで、重傷者が三人もいるんだ」

　加羅夢の眼が激しい怒りに光った。

「そうやって警察は犯罪者を作るんですね。僕がバングラデシュ系だから差別をしているんだ。これ以上侮辱されたら、僕も出るところに出ますよ」

「ほう……」

塩崎が言った。「おもしれえじゃねえか。やれるもんならやってみろ。誰もおまえらの味方なんてしねえんだよ」

「おまえらというのはどういう意味ですか？」

「おまえらの宗教のことを言ってるんだ」

「だから、僕は無宗教だと言ってるでしょう」

これは明らかにやり過ぎだ。塩崎の発言は明らかに差別的だし、加羅夢をこれ以上挑発する理由はないはずだ。

樋口は塩崎に言った。

「宗教のことについては、謝ったほうがいいです」

「何だって……。刑事が取り調べの相手に謝れってのか？」

「取り調べだって、何をしてもいいというわけじゃありません」

その言葉に、塩崎はあきれたような顔になった。

「もう一度、外に出てもらおうか」

塩崎が席を立った。樋口はそれに続いて廊下に出た。

塩崎が言った。

「どうだ、俺の揺さぶりは。これで、あいつはあんたが味方だと思ったはずだ」

「宗教や民族的な差別発言はまずいですよ」

「気にすることはない。それより、何なんだ、ナントカ戦線って……」

「『聖戦のための国際戦線』。中東の宗教的な過激派で、テロ組織です」

「どこからその名前を……」

「俺にも独自の情報源がありましてね……」

なんとかごまかそうとした。ありがたいことに、塩崎はそれ以上は追及してこなかった。

「牧田詠子のことを知らないと言ったのは、どうやら本当のことのようだが……」

樋口は言った。

「さっきは俺も腹を立てそうになりましたよ」

「相手を怒らせるつもりで言ったからな。それが取り調べってもんだ」

「俺にはそれができません」

「だから、役割分担なんだよ。ヒグっちゃんは、ヒグっちゃんのやり方でやればいいんだ。まあ、あんたは『北風と太陽』の太陽ってところかな。いい役回りじゃないか」

「はあ……」

そのとき、塩崎の携帯電話が鳴った。

「お、戸倉からだ。牧田詠子のことだろう。……はい、塩崎」

彼はしばらく相手の言葉に耳を傾けていたが、やがて言った。「何だって？　それはどういうことだ？」

それからまた相手の話を聞いてから言った。

「わかった。俺たちも指揮本部に戻る」

電話を切ると塩崎は言った。

「牧田詠子の姿が見えないそうだ」

樋口は眉をひそめた。

「どういうことです？」

「マンションの部屋にもいない。職場にもいない。電話をしても出ない。今、戸倉班の捜査員が行方を追ってるっていうんだが……」

「通勤途中なんじゃないですか？　今はそれくらいの時間でしょう」

時計を見ると九時過ぎだった。

「どうも様子がおかしいと、戸倉は言っていた」

「様子がおかしい……？　つまり、牧田詠子は自ら姿を消した、と……」

「あるいは、略取・誘拐か……。とにかく一度指揮本部に戻ろう」

「加羅夢はどうします？　いったん帰しますか？」

「そんなことをして、あいつまで姿をくらましたらどうする。拘束したままでいいだろう」

「いつまで拘束するつもりです？」

「あいつがシロだってわかるまでだ。シファーズがシロなら加羅夢はクロだろう」

「そういう単純な話じゃないかもしれません」

「とにかく今は帰せない」

「それを加羅夢に伝えなければなりません」

「黙って拘束しておきゃいいよ」

「任意同行なんです。本人が帰りたいと言ったら、帰さなければなりません」

塩崎は、にっと笑った。

「ヒグっちゃんらしいなあ。あんたがいないと、俺たちは暴走しちまうかもしれない」

いや、単に気が弱いだけなのだが……。

塩崎の言葉が続いた。

「帰りたいなんて言える状況を作らなければいいんだ。このまま放っておけばいい。もし、犯人ならプレッシャーをかけることになるだろう」

これも警察の常套手段だ。刑事は被疑者に口を割らせるためには、あの手この手なのだ。

ここで塩崎に逆らっても仕方がない。取りあえず彼の言うとおりにしようと思った。

指揮本部に戻ると、天童と梅田の二人の管理官が何事か話し合っていた。

樋口の姿を見ると、天童が尋ねた。

「外国人のほうはどうだ？」

「彼は、バングラデシュ系日本人です。加羅夢という名です」

「そいつはクロなのか？」

「何とも言えません」

「目撃者の牧田詠子が消えたそうだな。それは、どういうことなんだ？」

天童の質問にこたえたのは、塩崎だった。

「ヒグっちゃんは、通勤途中じゃないかと言ってます。もしかしたらそうかもしれない。通勤途中で、捜査員が居所をつかめないのかもしれません」

天童が言う。

「もし、そうだとしたら、じきに勤務先で捕まえることができるだろう。出勤時間は？」

「そういうことは、戸倉の班の捜査員が知っているはずですが……。戸倉はどこです？」

「出かけていった。あいつは現場が好きだからな」

塩崎が顔をしかめる。

「またですか……。しょうがないな。係長はここに詰めているべきなのに」

樋口は言った。

「それがあいつのよさでもあるんです」

「まあ、今は携帯電話があるから、それほど困らんが……」

塩崎はそう言いながら、携帯電話を取り出した。戸倉にかけるのだろう。その間に、天童が樋口に尋ねた。

「本当に通勤途中だと思うか？」

樋口はかぶりを振った。

「希望的観測を述べたに過ぎません。外国人の目撃情報を供述した直後、姿をくらましたとなれば、事件性を考えなくてはならないと思います」

「何者かに連れ去られたと……」

「その可能性は否定できないでしょう」

塩崎が電話を切った。どうやら戸倉と連絡が取れたようだ。

「大学図書館の早番の出勤時間は七時半。遅番でも九時だということです。すでに九時半近いですが、牧田詠子は出勤していないそうです」

天童は即座に命じた。

「戸倉班に、聞き込みに回るように伝えてくれ。略取・誘拐も視野に入れなければならない。大学のほうの聞き込みには、所轄の応援も仰ぐんだ」

「了解」

塩崎はこたえて再び携帯電話を手にした。

樋口は天童に尋ねた。

「加羅夢はどうします？　牧田詠子に首実検をしてもらうために、身柄を拘束しているのですが……」

その質問にこたえたのは、梅田管理官だった。

「牧田詠子の行方について追及してみたらどうだね？」

樋口は思わず聞き返した。

「牧田詠子の行方について……？」

「そう。彼女が目撃した外国人というのが、加羅夢だとしたら、首実検を避けるためにも、彼女をどこかに連れ去ることだって考えられるだろう」

天童と塩崎、そして、先ほどから無言で話を聞いていた特殊班の浅井係長は、互いに顔を見合わせた。

樋口は言った。

「牧田詠子が、警察で証言をして、現場にいたのがシファーズではなく、別の外国人だったと証言したのは、昨日の午後十時半から十一時にかけてのことです。そして、加羅夢の身柄を押さえたのが、今朝の七時四十五分頃……。加羅夢に、牧田詠子をどうこうする時間がありましたかね……」

梅田管理官がこたえた。

「それを尋ねてみるんだよ。本人が手を下したとは限らない。背後に何らかの組織があるとしたら、その連中が実行したということも考えられる」

樋口は天童を見た。

「ヒグっちゃん、やってみてくれ」

「わかりました」

さらに天童は、特殊班の浅井係長に言った。

「略取・誘拐となれば、あんたらの出番だ。すぐに活動を開始してくれ」

「了解しました」

浅井係長は、特殊班の係員たちに集合をかけた。

樋口は席を立って、再び取調室に向かうことにした。

「俺も付き合おう」

塩崎がそう言って立ち上がった。

樋口は塩崎に言った。

「牧田詠子の行方を追ったほうがいいんじゃないんですか？」

「そっちは、戸倉班と浅井の特殊班に任せよう。所轄もいる」

「わかりました」

20

再び取調室に行くと、加羅夢が不安気に樋口と塩崎を見た。

厳しく追及するなら、悪役をやっている塩崎のほうが適任だろう。樋口はそう思って、尋問を塩崎に任せることにした。

加羅夢は何か訊きたそうな顔をしていた。いつまで拘束されるのか、それを質問したいのだろう。

だが、樋口と塩崎はその質問を許さなかった。

塩崎が言った。

「もう一度訊く。牧田詠子を知っているな？」

加羅夢はかぶりを振った。

「そんな人は知りません」

「嘘をつくな。向こうはおまえのことを目撃しているんだ」

牧田詠子が現場近くで見たという外国人らしい人物が加羅夢とは限らない。まだ確認が取れていないのだ。だから、この塩崎の発言ははったりということになる。

加羅夢は抗議の姿勢を見せた。

「その人は、僕のことを見たのかもしれません。僕はたしかに、事件当時、現場近くにいましたからね。でも、その理由はもう説明したはずです」

「もう一度、説明してもらおうか。どうして現場のそばにいたんだ？」

「だから大学の図書館に、本を取りに……」

「でたらめを言うな。調べればわかることなんだ」

塩崎が声を荒らげる。

これもおそらくは演技だろうが、なかなか迫力があった。尋問されているほうは縮み上がるだろうと、樋口は思った。

塩崎の言葉が続く。

「おまえは、爆弾を積んだ車を運転して現場まで行った。きっと大学構内に突入して自爆テロをする計画だったんだろう。だが、おまえは怖くなってあそこで車を乗り捨てた。そうだろう」

意外なことに、加羅夢はひるまなかった。

「でたらめはそっちのほうでしょう。僕は本当のことを言っています。調べればわかると言っておいて、何も調べていないんでしょう」

たしかにまだ、加羅夢の証言の裏を取ってはいない。図書館の職員に訊けば、加羅夢が言っていることが本当かどうか、ある程度はわかるはずだ。

だが、塩崎も負けてはいない。

「調べなくたって、おまえらのことはわかるんだよ。世界中でテロを起こしているんだからな」

「僕は過激派じゃないし、テロなんかとは何の関係もありません。第一、無宗教だと言ったでしょう。一般的な日本人と変わらないんです」

「牧田詠子はどこにいる」

加羅夢はきょとんとした顔になった。

「それは何のことです？」

「とぼけるな。牧田詠子をどこかに連れ去ったんだろう？　それとも、すでに殺してどこかに埋めたのか？」

「そんな人は知りません。だから、連れ去っただの殺しただのと、何のことを言ってるのかわかりません」

「一人じゃ無理だろう。仲間といっしょにやったんだ。いいかもう一度訊くぞ。牧田詠子はどこだ」

「そんな人のことは知りません」

樋口はじっと加羅夢の観察を続けていた。

これまでの経験からして、加羅夢が嘘をついているようには見えなかった。彼は本当に困惑し、そして、塩崎の追及に対してはっきりと抗議している。

「じゃあ、仲間の名前を言ってもらおうか」

「何の仲間ですか」

「おまえが所属しているテロ組織だよ」

「僕はテロ組織なんかに属していません。ちゃんと調べればわかることです」

たしかに加羅夢については、公安も何も言っていない。つまり、彼に関するデータがないということだ。

だが、わからない、と樋口は思った。

因幡は、スリーパーが目覚めて大きなテロを計画していると言っていた。もし、加羅夢がスリーパーだとしたら、これまでの経歴を調べても怪しいところはないはずだ。

社会に溶け込んで、普通の生活を送る。それがスリーパーだ。

「だからこうして調べているんだ。吐くまで帰れないと思え。牧田詠子の行方と仲間の名前だ」

「肌の色や宗教で差別するのですね。日本の警察というのはその程度のものだったんですね」

「ああ、その程度だよ。人権なんて糞食らえだ。犯罪者に人権なんてないんだよ」

「そういうことを言っていると、そのうちにひどいしっぺ返しにあいますよ」

「こっちのことを心配するより、自分のことを心配しろ。交通違反やら、インターネットでの違法ダウンロードやら、ありとあらゆる罪状をくっつけて豚箱にぶち込んでやる」

取り調べでこの程度のことを言うのは普通だ。単なる脅しの場合もあるが、時には本当にそういうことをする場合もある。

例えば相手が、覚醒剤の売人だった場合、入手ルートを解明するために相当にきつい取り調べをする。テロ事件ともなれば、覚醒剤の売買よりも当然取り調べは厳しくなる。

樋口は迷っていた。

通常ならシロと判断するところだ。

加羅夢の態度に怪しいところはない。大学図書館に用事があって、事件のときにたまたま現場付近を通りかかっただけという、彼の言い分はもしかしたら正しいのかもしれない。

彼の様子を見ていると、そんな気がしてくる。だが逆に、彼が『聖戦のための国際戦線』のメンバーであり、高度な訓練を受けたスリーパーだとしたらどうだろう。

尋問に対する訓練も受けているに違いない。そうなると、通常の被疑者や参考人に対する判断は通用しないことになる。

加羅夢がテロリストだった場合を考えると、身柄を拘束し続ける必要がある。塩崎が言うような措置も考えなければならないかもしれない。

だが、もし何の関係もないのだとしたら、拘束したり、差別的な恫喝をするのは、大きな人権侵害になる。

塩崎が「人権なんて糞食らえ」と言ったのは本心ではない。彼がそれほど愚かな男ではないことを、樋口はよく知っている。

塩崎は、加羅夢を追い詰めるために、演技をしているのだ。

いや、もしかしたら本当に彼には幾分差別的なところがあるのかもしれないが、少なくとも日常的にはそれを表に出さないだけの分別はある。

加羅夢は言った。

「何を言っても信じてもらえないのなら、これ以上話すことはありません」

「黙秘するのか？　いい度胸だな。そういうことをするとどんどん不利になるぞ」

樋口はこのあたりが自分の出番だと思った。

「図書館のことを詳しく聞きたいのですが……。そのとき、応対してくれたのは、受付の人だと言いましたね」

加羅夢は、塩崎に挑発されたせいで、反感をむき出しにしてこたえた。

「そうですよ」

「その受付の人は男性でしたか、女性でしたか？」

「どうせ何を言っても信じてくれないんでしょう」

「ちゃんと裏を取りますので、だいじょうぶです。こたえてください」

加羅夢は、少々ふてくされたような顔でこたえた。

「女の人でした」

「年齢は？」

「三十代だと思います。丸顔で地味な感じの……」

樋口は塩崎を見た。牧田詠子の人相と一致すると思ったのだ。

塩崎も同じことを思ったようだ。彼はうなずくと取調室を出て行った。牧田詠子の顔写真を取りに行ったのだろう。

戸倉班と特殊班が牧田詠子の行方を捜している。すでに顔写真は入手しているはずだ。

樋口は質問を続けた。

「掲示板で連絡をくれたのは、その女性ではないのですか？」

「それはわかりませんよ。言ったでしょう？　相手はハンドルネームしか知らせてこなかったんです。男か女かもわからないんです。でも、本を受け取ったときの感じだと、別人じゃないかと思いましたね。もし、同一人物なら、何か言ってくれるんじゃないですか？」

樋口はうなずいた。

「そうですね。私もそう思います」

塩崎が姿を消したからだろうか、加羅夢の態度が少し軟化したようだ。

「感じのいい人でしたよ。話は聞いていると言って、すぐに『ケインズの断崖』を渡してくれました」

「その女性の名前は聞いていないのですね？」

「聞いていません。そういう場合、いちいち名前は尋ねないでしょう」

「図書館の職員は、名札とかは付けていませんでしたか？」

「さあ……。記憶にないので、付けていなかったんだと思います」

そこに塩崎が戻って来た。牧田詠子の顔写真を手にしていた。パソコンのプリントアウトのようだ。

塩崎は樋口にその紙を渡した。樋口に質問しろということらしい。

樋口はその顔写真を加羅夢に提示して言った。

「この人物に見覚えはありませんか？」

加羅夢はすぐにこたえた。

「ええ、図書館の受付で本を渡してくれたのはこの人です」

「間違いありませんね？」

「間違いありません」

加羅夢は怪訝そうな顔になった。「でも、どうしてその人の写真が警察にあるんですか……」

樋口は質問にこたえない。

塩崎が言った。

「適当なことを言ってんじゃねえよ。おまえがその人に、図書館で会っているはずはないんだ」

加羅夢の態度がまた硬化する。

塩崎の挑発はあまり効果的でないことが明らかだった。「北風と太陽」と塩崎が言ったが、加羅夢は明らかに北風に強いタイプだ。

おそらく、その風貌のせいで、幼い頃からいじめにあったり、いわれのない差別を経験したのだろう。

鍛えられた精神は逆境に揺るがない。だが、意外と懐柔に弱いのだ。

「ちょっと、すいません」

樋口は塩崎に言って席を立った。塩崎も立ち上がり、樋口の後を追ってきた。廊下で樋口は考え込んだ。

続いて廊下に出てきた塩崎に、樋口は言った。

「俺には、加羅夢が嘘をついているとは、どうしても思えないんですが……」

「やつは、したたかなテロリストかもしれないんだ」

「シラを切ればいいものを、図書館で牧田詠子に会っていると、あっさり認めたんですよ。それは、なぜでしょう」

塩崎も樋口同様に考え込んで言った。

「そりゃあ、捜査を攪乱《かくらん》するつもりなんじゃないか。事実、俺は少しばかり混乱している」

「俺もです」

「こういうときは、上司に振るに限るな。天童さんと話をしに行こう」

加羅夢を取調室に残し、監視役の係員に「またしばらく頼む」と言い置いて、樋口たちはまた、指揮本部に戻った。

21

天童が樋口の顔を見て言う。

「どうした？　何か進展があったか？」

「加羅夢は牧田詠子の顔を知っていました」

その言葉に、梅田管理官が反応した。

「では、やはり加羅夢が牧田詠子を……」

樋口は言った。

「いや、それがどうもそういうことではなさそうなのです」

天童が眉をひそめた。

「どういうことだ？」

「加羅夢と牧田詠子の証言に食い違いがあるのです」

「説明してくれ」

樋口は、加羅夢が供述している、現場近くにいた理由を説明した。

話を聞き終えると、天童が言った。

「つまり、そのナントカという本を受け取りに大学図書館に行ったときに、偶然事件が起きたということだな」

「そういうことです。牧田詠子は、外国人の姿を事件直後、現場近くで見たと言っています。一方、加羅夢は図書館で彼女に会ったと言っています。牧田詠子が図書館にいたのなら、現場近くで加羅夢を目撃することなどできないと思います」

梅田管理官が言った。

「いや、可能性がないわけじゃない。牧田詠子が加羅夢と会ってからすぐに図書館を出たら、どちらの証言も成立する。加羅夢は、図書館を出て事件に遭遇したわけだな。同じように、牧田詠子も図書館を後にしたとしたら……」

樋口はかぶりを振った。

「いえ、それだと、牧田詠子の証言がおかしいということになります。彼女はあくまでも、現場で外国人を見かけたと言ったのです。図書館の受付で加羅夢に本を渡しているのなら、加羅夢のことは知っているわけですから、そういう言い方はしないと思います」

話を聞いていた特殊班の浅井が言った。

「……あるいは、牧田詠子が見た外国人らしい男性というのは、加羅夢とは別人なのかもしれない」

塩崎が言った。

「加羅夢が嘘をついている、ということもある」

梅田管理官がうなずいた。

「そうだ。加羅夢がテロリストだとしたら、当然嘘の証言をするだろう」

樋口は言った。

「加羅夢が嘘をついているという根拠はありません」

塩崎が言った。

「牧田詠子の証言と食い違っているのが根拠じゃないのか？」

「裏を取れば、どちらが嘘をついているのかわかります」

「どちらが嘘をついているか？」

「そうです」

樋口は言った。「嘘をついているのは、牧田詠子のほうだという可能性もあるのです」

天童が戸倉に電話をして、加羅夢の証言を確認するように命じた。

樋口は尋ねた。

「証言の裏が取れたら、加羅夢を帰しますか？」

天童はしばらく考えてから言った。

「もし、彼が言うとおり、図書館に用事があって、たまたま事件に遭遇したのだとしたら、これ以上拘束しておく理由はないが……」

「待ってくれよ」

梅田管理官が言った。「まだテロリストの容疑が完全に晴れたわけじゃない。身柄を拘束しておいたほうがいい」

それに塩崎が同調した。

「俺もそう思います。事件のときに偶然大学に用があったなんて、どうも怪しいですよ」

「だが」

樋口は、塩崎に言った。

「加羅夢は日本人なんです。日本で生まれて日本で育った。テロを実行する理由などないはずです」

「どうかな……。最近は、ヨーロッパの若者が国際テロ組織に加わっているというじゃないか」

「加羅夢が国際テロ組織と接触する機会などなかったはずです」

「機会はいくらでもある。もし、彼が外国旅行をしたことがあるとしたら、そのときに接触したかもしれない。あるいは、テロリストが日本国内に侵入して接触したことも考えられる。ヨーロッパの若者たちの中には、ネットで接触した者も少なくないらしい」

「彼は、見かけはバングラデシュ人です。だが、日本人なんだ。宗教的にもテロをする理由などないんです」

「無宗教だと言っていたが、本当かどうかわからない。父親の影響を受けているかもしれない」

天童の電話が振動して、会話が中断した。天童が電話に出て、管理官席にいた者たちが注目した。

「わかった。引き続き、牧田詠子の件を頼む」

そう言って電話を切った天童は、樋口たちに告げた。

「加羅夢の証言の裏が取れた。たしかに、加羅夢は事件当日の午後三時から三時半の間に、図書館を訪ねていたそうだ。複数の目撃証言がある」

樋口は質問した。

「図書館で加羅夢の応対をしたのは、牧田詠子だったのでしょうか？」

「それも確認した。間違いないそうだ」

「だったら、加羅夢を解放すべきでしょう」

塩崎と梅田管理官は押し黙った。

樋口はさらに言った。

「私も迷っています。もし、加羅夢が国際テロ組織の一員だとしたら、ここで逃がしたらひどく後悔するでしょう」

塩崎が言う。

「後悔するなんてもんじゃない。俺たち全員、懲戒だぞ」

樋口はかまわず続けた。

「しかし、彼がテロリストだという論拠は何もありません。父親がバングラデシュ人だというだけで、我々は彼を拘束しているわけです」

塩崎が反論する。

「爆発が起きたとき、彼は現場近くにいたんだ。それは間違いない」

「現場の近くには他にも何人かいました。彼らはただの通行人ということで、話を聞いただけで拘束はしなかったじゃないですか。いいですか？　加羅夢も日本人なんです。他の通行人と、何ら変わるところはないんです」

「違うさ。父親がバングラデシュ人だ。母親もそうなんだろう？　両親は、日本に帰化したというが、バングラデシュ時代の文化や宗教はなかなか捨てられるものじゃない」

樋口は、また迷っていた。

因幡が言った「スリーパー」が問題だと樋口は思った。帰化して他国に住むというのは、スリーパーの常套手段なのだ。

だが、ここで引くわけにはいかない。樋口は言った。

「どんな場合でも、人権を無視するわけにはいかない」

樋口の言葉に対して、梅田管理官が言った。

「人権と、テロから国を守ることを秤《はかり》にかけたら、私は迷わず、国を守ることを選ぶね」

「それは実に公安らしい言い方ですね」

樋口は言った。

「そう。それが公安の考え方だ。万が一国がなくなったら、人権もへったくれもなくなる。そして、テロリストたちは間違いなく人権なんてことは考えていないんだ。我々はそういう連中と戦わなければならないんだ」

「平和ボケと言われようが、私は加羅夢の人権を尊重すべきだと思います。すでにかなり人権侵害をしていると思います」

天童が言った。

「ヒグっちゃんの言い分もわかるが、今加羅夢の拘束を解くのは危険だと思う」

樋口は意外に思った。天童ならば樋口の主張を理解してくれると思っていたのだ。

樋口が何も言わずにいると、塩崎が言った。

「そうですよ。今、加羅夢を解き放ったら、取り調べで何を訊かれたのかを、仲間に教えるかもしれません。そうなると、捜査が後手に回る恐れもあります」

考え過ぎだろうと、樋口は思った。だが、それは口に出さないことにした。

捜査においては、あらゆる可能性を考慮するべきなのだ。特にテロとの戦いともなれば、相手が次にどんな手を打ってくるかを考えなければならない。

テロ対策は、捜査ではなく戦争だと誰かが言った。それはおそらく、公安や警備といった担当者たちの実感なのだろう。

梅田管理官の発言の裏にはそういう意識があるに違いない。

樋口は言った。

「しかし、どうしても気になるのです」

天童が樋口に尋ねる。

「何が、だ？」

「誰が嘘をついているか……」

「加羅夢か、牧田詠子か、どちらかが嘘をついているかもしれないと言っていたな……」

「はい。図書館を訪ねたという加羅夢の証言の裏は取れました。だとすると、牧田詠子の証言はおかしいということになります」

天童は梅田の顔を見た。

梅田は眉をひそめた。

「たしかに……」

天童が言う。「牧田詠子は、爆発の現場近くで外国人の姿を見たと言った。そして、それはシファーズではないと言った」

樋口はうなずいた。

「防犯カメラ画像の加羅夢の姿を見て、間違いなく彼だと、牧田詠子は証言しました。でも、それは変です。図書館で本を渡したのだとしたら、彼のことを覚えていたはずです」

塩崎が言う。

「忙しかったので、受付ではまともに顔を見なかったんじゃないのか？」

「まさか……。大切な本を貸し出す相手です。身分証の確認もしたに違いありません」

塩崎が考え込む。

「だったら、どういうことになるんだ……」

「加羅夢を疑う理由はほとんどありません。爆発当時に現場近くにいた、というだけのことです。そして、彼の証言の裏は取れた。一方、牧田詠子の証言は整合性がない。彼女が嘘をついている可能性が高いと思います」

しばらく沈黙が続いた。

最初に口を開いたのは天童だった。

「牧田詠子が自ら姿を消した可能性が高いということだ。それを、浅井と戸倉に連絡しなくては……」

樋口は言った。

「戸倉には、私から電話します」

天童はうなずいて携帯電話を手にした。特殊班の浅井にかけるのだ。

戸倉は、呼び出し音三回で出た。

「はい、戸倉」

「樋口だ。牧田詠子は、誰かに連れ去られたのではなく、自ら姿をくらましたのかもしれない。彼女の証言が、どうも怪しいんだ」

「証言が怪しい……？」

樋口は、これまでの経緯を説明した。話を聞き終わると、戸倉が言った。

「ええと……。略取・誘拐とかじゃないんですね？」

「やっかいなことに、はっきりしたことが言えない」

「樋口さんは、どっちだと思いますか？」

どうして俺の判断を聞きたいのだろう。樋口はそう思いながらこたえた。

「牧田詠子が嘘をついていると思う。あくまでも、俺の個人的な意見だが……」

「わかりました。牧田詠子の住居のガサ状、取れませんかね」

「手配しておこう。徹底的に牧田詠子のことを洗ってみてくれ」

「わかってます。じゃあ……」

電話が切れた。

天童も電話を切ったところだった。彼が皆に言った。

「特殊班は、前線本部を現場近くに作った。牧田詠子を、被害者としてでなく、重要参考人として追うことにすると、浅井係長が言っていた」

塩崎が天童に言う。

「本来特殊班がやることじゃないですね」

「彼らも刑事なんだ。指揮本部にいるからには、どんな仕事でもやってもらう」

天童は立ち上がった。「課長に報告してくる」

彼はひな壇の田端捜査一課長のもとに向かった。

スリーパーはいったい誰だろう。樋口は考えていた。

もしかしたら、これまでに指揮本部が接触した人物の中に、スリーパーがいるかもしれない。

樋口はシファーズと加羅夢の解放を主張した。ふと、それは自分が差別主義者ではないことを周囲にアピールしたかったからではないかと思った。

スリーパーは、厳しい訓練を受けているに違いない。日本の警察を欺くくらいのことはやってのけるかもしれない。

だとしたら、シファーズも加羅夢も疑わしい。そう思えてしまう。

加羅夢自身よりも、日本に帰化した父親のほうが怪しいとも言える。

牧田詠子も怪しい。

だが、スリーパーはまったく別の人物で、まだ指揮本部がたどり着いていないのかもしれない。

因幡は、突き止められると言っていた。だからといって、手をこまねいているわけにはいかない。

とにかく、牧田詠子の身柄を押さえることだ。

22

天童が戻って来て、管理官席の皆に告げた。

「加羅夢は解放する」

梅田管理官が尋ねる。

「それ、課長の判断かね？」

天童がうなずいた。

「そうだ。ただし……」

「シファーズと同様に、見張りを付ける……。そういうことだね？」

「そう。さっそく捜査員を割り振ってくれ」

樋口と塩崎が、張り込み要員のシフトを作る作業にかかろうとすると、梅田管理官が言った。

「それは我々でやろうか？　監視や尾行は得意だからね」

樋口は天童を見た。

天童が梅田管理官に言う。

「いや、シファーズをそっちに任せたんだから、加羅夢はこっちでやろう。人数はこっちのほうが多い」

梅田管理官は、ちょっと顔をしかめると言った。

「その、こっちとかそっちとかいうのはいい加減やめないか。同じ指揮本部で捜査をしているんだ」

天童は言った。

「先に主導権を握ろうとしたのはそっちだよ。佐藤がそう言ったんだ」

「それについちゃ申し訳なく思っていると言ったじゃないか」

「そんなこと、言われたっけな？」

「とにかく、刑事がどうの、公安がどうのと言っているときじゃない」

「俺もそう思う。だが、刑事と公安のやり方が違うことも確かだ。第一、あんたらの秘密主義をなんとかしてほしいもんだ」

「別に秘密にしているつもりはないが……」

「シファーズを監視している捜査員からの情報が、あんたのところで止まっているように思えるんだがな……」

「そんなことはない。何も進展がないから報告しないだけだ。そっちこそ、何か隠していることがあるんじゃないのか？」

その一言に、樋口はひやりとした。

おそらく天童も同様だろう。だが、彼はまったく表情を変えなかった。

「基本的にはここでいっしょに報告を聞いているんだ。何かを隠そうと思っても、隠すことなんてできないじゃないか」

「だったらもう、腹の探り合いはやめよう。そんなことをしている余裕なんてないはずだ」

「その意見にはまったく同感だ。ただし、本音なら、の話だが」

「本音だよ。誰だってテロの実行犯は捕まえたいし、その背後関係も明らかにしたい」

そのとき、電話を受けた連絡係員が天童に報告した。

「犯行声明が出たようです」

天童が即座に立ち上がって言った。

「課長のところだ」

管理官席にいた、天童、樋口、塩崎、梅田管理官が田端課長の前に集まる。そこで連絡係の報告を聞いた。

「インターネット上に犯行声明があったそうです。声明を出したのは、イスラム国です」

『聖戦のための国際戦線』ではなかったのか……。樋口がそう思ったとき、田端課長が言った。

「そいつは信用ならねえな。イスラム国は自分たちがやったテロじゃなくても、犯行声明を出すらしいからな」

天童が尋ねる。

「では、別の組織が実行したという可能性があるわけですね」

「まあ、他のテロ組織がやったとしても、イスラム国とつながりはあるかもしれないから、犯行声明がまるっきりの嘘ってわけじゃねえだろうが……」

田端課長は梅田管理官に言った。「おたくに何か情報は入っていねえのかい」

梅田管理官は驚いたような顔で言った。

「私はここでみなさんといっしょだったんですよ。どうやって情報を入手できるとおっしゃるのですか」

田端課長は、にっと笑った。

「そこにいても、公安なら何か聞きつけるんじゃねえかと思ってな……。いや、すまねえな。あんたらがいると、ついそんなことを考えちまう。犯行声明についちゃ、どう思う？」

「まあ、おっしゃるとおり、イスラム国が直接手を下したわけじゃなくても、彼らは犯行声明を出しますね」

田端課長は、梅田管理官にうなずきかけてから、樋口に言った。

「取り調べを担当したヒグっちゃんが、加羅夢の身柄を解放しようと主張したらしいな。どうなんだ？　シロで間違いないのか？」

ここで迷った態度を見せるわけにはいかない。樋口はそう思い、言った。

「彼を疑う理由はありません。心証でもシロです。疑うに足る相当の理由がない限り、拘束はできないと思います」

「わかった。いちおう確認しようと思ってな。加羅夢には帰ってもらおう。監視の態勢は？」

天童がこたえた。

「ヒグっちゃんとシオの班で人員を確保します」

いったん席に戻っていた連絡係が再びやってきて、田端課長にメモを届けた。

それを見て課長が言った。

「犯行声明を受けて、部長たちがやってくる」

天童が尋ねる。

「部長たち……？　刑事部長と公安部長ということですか？」

「そうだ。みんないっそう気合いを入れてくれ」

管理官席に戻るとすぐに、樋口の携帯電話が振動した。氏家からだった。

「はい、樋口……」

「今、電話していてだいじょうぶか？」

「だいじょうぶだ」

「照美ちゃんのバックパッカーの話はどうなった？」

「昨夜電話をした」

樋口は電話をしながら、席を立った。私用電話なので、気が咎《とが》めた。

管理官席から離れた場所で、氏家との会話を続けた。

「それで、照美ちゃんの反応は？」

「案の定、芳しくはない。俺が何か言うと、むきになる」

「まあ、そういう年頃なんだろう」

「反抗期にしては遅くないか？」

「俺には子供がいないからわからんよ」

「あんたは、少年犯罪一筋だろう」

「犯罪少年や触法少年と照美ちゃんをいっしょにはできないよ」

「そうだな……。しかも、照美はもう少年じゃない」

法律的には、少女も少年と言う。

「家族にはきつく当たるものだ」

たしかに氏家の言うとおりだ。他人の子供なら許せることも、自分の子供では許せないということがある。

妻にもそうだ。家族にはついきついことを言ってしまう。

だが、それだけ気を許しているということなのだと、樋口は思う。

子供にはそれが理解できないことがある。自分が子供だった頃のことを思い出せばわかる。親をずいぶんと理不尽だと感じていたような気がする。しかし、それが家族というものだ。

樋口は言った。

「俺も若い頃は、海外を放浪することに憧れたことがある」

「へえ、あんたがねえ……」

「だが、度胸がないので、結局実現はしなかった。それが少々コンプレックスになっている。照美の海外旅行に反対なのは、そのコンプレックスのせいじゃないかとも思った」

「関係ないよ。心配なものは心配なんだろう?」

「それはそうだが……」

「俺だって、照美ちゃんが海外の見知らぬ土地で一人でバックパッカーをやるなんて、心配でしょうがない。それが普通のことだよ」

「おまえにそう言われると、なんだか気が楽になるな」

「俺が照美ちゃんに電話してみよう。あんたが話をした後だからいいだろう」

照美に連絡すると、氏家に言われて、樋口は一瞬迷った。

「たしかに、おまえに相談したのは俺だが……」

電話の向こうの氏家が言った。

「なんだ、電話しないほうがいいのか？」

「いや、そういうわけじゃないんだが……。自分の娘を説得できず、おまえに頼っているようで、なんだか情けなくてな……」

「あんたはいつも、そうやって物事を面倒臭く考えるんだ。やあ、照美ちゃん、海外旅行に行くんだって？　最近は何かと物騒だから気をつけなきゃいけないよ、ってなもんだよ」

「照美は、俺が電話させたと思うかもしれない」

「いいじゃないか。事実そうとも言える」

「まあ、それはそうなんだが……」

「事情聴取と同じだよ。一人が尋ねるより、複数の者が質問したほうが、事情がより鮮明にわかる」

「わかった。俺はしばらく家に帰れないかもしれない。おまえに任せる」

「指揮本部のほうは、面倒なのか？」

「簡単にはいかない」

「そうか。いろいろと許せないことはあるが、その中でもテロは最悪だ。できるだけ早くテロリストを挙げてくれ」

「ああ。努力する」

電話が切れた。

23

樋口が席に戻ると、天童が言った。

「ヒグっちゃん。今のうちに交替で飯を食っておこう」

時計を見ると、午前十一時を回ったところだった。朝食は食べ損ねていた。捜査本部や指揮本部などができると、食事は不規則になる。

特に設立当初は興奮状態にあるので、食欲がない。

捜査が進展すると、食事にありつけないこともある。天童が言うとおり、今のうちに食べておくのが正解だと樋口は思った。

「わかりました」

「今、話し合ったんだが、ここは梅田管理官とシオに任せて、先に俺とヒグっちゃんが食事に行こう」

「わかりました」

二人で席を立ち、田端課長に一礼してから指揮本部を出た。

天童が樋口を誘って食事に出かける意図を、樋口はすでに理解していた。

署を出ると、歩道を進みながら天童が言った。

「シファーズ、加羅夢、そして牧田詠子の三人の情報を、因幡に伝えようと思う」

話を他人に聞かれる心配はない。どこかの店に腰を落ち着けて話をするより、こうして外を歩きながら話をしたほうが安全なのだ。

それはわかっているが、つい樋口は周囲を見回していた。

「それは危険です。彼から連絡があったことを公安に隠しているというだけでも充分問題なんです。情報を洩らしたとなれば、発覚したら処分は免れ得ません」

「どうせ、処分は食らうことになるだろうよ。毒を食らわば皿までってやつだよ」

「情報を伝える必要があるんですか？」

「シファーズは今のところシロだ。そうだろう？」

「そう考えていいでしょう」

「そして、加羅夢もおそらくはシロだ」

「今のところ、彼を疑う理由はありません」

「そして、牧田詠子の足取りはつかめていない。つまり、指揮本部ではまだ手がかりらしい手がかりを見つけていないということだ」

「牧田詠子は充分な手がかりだと言えると思います」

「ぐずぐずしていたら、次のテロが起きる。昨日のテロは本番ではないと、因幡が言っていた」

樋口は苦慮していた。

毒を食らわば、と天童は言ったが、やはり捜査情報を外部の者に洩らすのは危険過ぎる。

因幡が『聖戦のための国際戦線』の一員でないという確証はない。彼と接触しているというだけでも、警察官としてひじょうに危険な立場に置かれていることになる。

だが、一方で、指揮本部が次の有効な一手を打てずにいることも確かだ。

今にも次のテロが起きるかもしれない。本番ではないと言いながら、昨日の爆発でも被害者が出ているのだ。

因幡が本番と呼ぶテロで、いったいどれだけの被害が出るか想像もできない。

今回、爆発が起きたのは千代田区内にある大学のすぐ脇だ。千代田区というのは重要な地域だ。

政治の中枢である永田町があり、皇居もある。本番のテロが千代田区内で起きると想定した場合、物理的な被害だけでなく、心理的なダメージも考慮しなければならない。

テロを防ぐためには、天童が言うとおり、因幡からの情報を利用するのも手かもしれない。なりふりかまわず、利用できるものは何でも利用するくらいの覚悟が必要だ。

そこまで考えて樋口は、はっとした。

「まさか、天童さん。ご自分の立場を犠牲にされることを考えているんじゃないでしょうね」

天童はかすかに笑った。

「俺の立場なんて、たいしたもんじゃない。だがな、ヒグっちゃん。それでテロが防げるならいくらでも立場なんて捨ててやる」

樋口はこの言葉に、頬を打たれたような気分になった。

必死にテロを防ぎたいと口では言いながら、自分の覚悟がまだ足りなかったことを思い知ったのだ。

天童は文字どおり、身を捨ててでもテロを防ごうとしている。首になろうが、罪に問われようが、それでテロを防げればいい。そう考えているのだ。

それに比べて、俺は……。

天童の立場を心配するようなことを言いながら、実は自分の保身を考えていたのではないか。

それでは、テロリストたちはおろか、公安の連中にもなめられてしまう。どんな戦いでも、どれくらい本気かが重要なのだ。

樋口は、覚悟を決めることにした。

「わかりました。因幡にテロリストを特定してもらうために、情報を渡しましょう」

「ヒグっちゃんは関わらなくていいんだ」

「もう、関わっています。今さら後には退けません」

天童は間を置いてからぽつりと言った。

「すまんな……」

「テロと戦うというのは、こういうことだと、あらためて認識しました」

「そうだな。普通の捜査とは違うのだ。やはり捜査というより戦いなんだと思う」

「公安は普段からそういう心構えなのですね」

「国を守るのが彼らの仕事だからな」

「梅田管理官が、人権と、テロから国を守ることを秤にかけたら、迷わずに国を守ることを選ぶと言っていたのを思い出しました。あの言葉は、公安の覚悟の表れだったのですね。彼らが、刑事の対応を歯がゆく思うのが、理解できそうな気がしてきました」

「皮肉なもんだ。公安を敵に回すかもしれない覚悟を決めたとたん、公安の気持ちが理解できるなんてな……」

公安は因幡を追っている。その因幡に情報を与えることを知ったら、彼らは牙を剥いてくるに違いない。

樋口は言った。

「公安は勘づいていないでしょうね……」

天童はしばらく考えてからこたえた。

「どうだろうな。まさか、俺が因幡に会っていることは知るまいと思うが……。どうだかわからん」

「梅田管理官が指揮本部にやってきたとき、いきなり因幡の話をしましたね」

「ああ。そうだったな……」

「天童さんが、因幡と連絡を取り合っていることを知っていて、プレッシャーをかけたのではないでしょうか」

「どうかな……。公安は油断がならないからな。必要なら身内の盗聴くらいはやるだろう。だが、カマをかけただけかもしれない」

「柳瀬と佐藤が姿を見せないのが気になります。シファーズを監視していると言いながら、実は我々を監視していることもあり得ます」

「さすがにそれは考え過ぎだろう」

「しかし、公安が相手となれば、そのくらいは考えておかなければならないと思います」

「そうだな……」

二人は、新宿通りから一本南側の裏通りにあるそば屋に入った。このあたりは、警視庁の縄張りと言っていい。

官舎もあるし、ホテルグランドアーク半蔵門は警察共済組合の保養施設だ。

捜査が「のびる」と、そばを敬遠する刑事も多いが、樋口は気にしなかった。天童はカツ丼を、樋口はてんぷらそばを注文した。

警察官の食事は速い。天童と樋口も例外ではない。二人はあっという間に食事を終えて、指揮本部に戻った。

交替で、梅田管理官と塩崎が出て行く。どうやら別々の場所に食事に行く様子だ。天童と樋口のようなわけにはいかないのだ。

彼らが出て行ってしばらくすると、「気をつけ」の声がかかった。

樋口は反射的に立ち上がる。

刑事部長と公安部長がそろってやってきたのだ。これは珍しい光景だと、樋口は思った。

おそらく、両者がいっしょに登場するのは、警視総監が臨席する部長会議くらいのものだろう。

着席すると、天童が樋口に囁《ささや》いた。

「部長なんて、一人だけでもたいへんなのに、二人もやってくるとはな……」

「そうですね」

二人の部長は、田端課長から説明を受けている様子だ。

「天さん、ヒグっちゃん。ちょっと来てくれ」

しばらくすると、田端課長の声が聞こえてきた。樋口と天童は即座に立ち上がり、ひな壇に向かった。

二人の部長に礼をする。課長が言った。

「加羅夢の身柄は、まだ押さえているな？」

天童が怪訝そうな顔でこたえる。

「ええ。まだ帰してないはずです」

「釈放するのは、しばらく待ってくれ」

天童と樋口は顔を見合った。天童が課長に尋ねる。

「どういうことでしょう……」

それにこたえたのは、公安部長だった。

「テロの被疑者だろう？　釈放するなんて、言語道断だ」

天童が怪訝な表情のまま田端課長に言う。

「加羅夢はバングラデシュ系ですが、間違いなく日本人です。たまたま現場近くにいたというだけで、これ以上拘束する理由はない……。そういう話になったはずですが……」

本当は公安部長に言いたいのだ。

田端課長は苦い表情で言った。

「それをちょっと、考え直すってことだよ、天さん」

「しかし……」

天童が言った。

「加羅夢を帰すのは、人権を考慮しての措置です」

刑事部長が、田端課長同様に苦い表情で言った。

「テロなんだ。しかもイスラム国が犯行声明を出した。世界のメディアも注目しているし、各国の政府も日本の対応を見守っているんだ」

世界のメディア。

各国の政府。

わざわざ問題を複雑にすることはない。警察は、犯罪の被疑者を特定して検挙することに全力を傾ければいいのだ。

樋口はそう思った。だが、それを口に出すつもりはなかった。部長に逆らっていいことなど一つもない。

ついさっき、なりふりかまわずテロと戦う覚悟を決めたが、これはまた別問題だった。

部長に楯突《たてつ》いた瞬間に指揮本部から外されることもあるのだ。

「わかりました」

天童が言った。

「しかし、いつまで加羅夢を拘束していればいいのでしょう」

公安部長が言った。

「事件への関与が完全に否定されるまでだ」

完全に否定されるまで。

これは微妙な言い方だ。被疑者の容疑を確定するのと同様に、まったくのシロだと確認することも難しい。

だから、司法の世界には「疑わしきは罰せず」という言葉があるのだ。これは、刑事裁判の原則だ。

刑事訴訟法の第三三六条でも「被告事件について犯罪の証明がないときは、判決で無罪の言渡をしなければならない」と定められている。

つまり、被疑者や被告を罰するためには、罪を犯したことを証明する必要があるということだ。

合理的な理由もなしに拘束を続けるのは、明らかな人権侵害であり、犯罪ですらある。逮捕・監禁の罪だ。

だが、公安は時に人権よりも治安維持を優先する。それについて、テロと戦う覚悟を決めたことで、ある程度理解できるようになったと樋口は思っていた。

だが、公安部長の高圧的な態度に直面すると、やはり不愉快になった。

国家を守るためにできる限りのことをする。それは理解できる。だからといって、人権や法律を無視していいわけではない。

田端課長が言った。

「じゃあ、次の指示があるまで、加羅夢の拘束を続けてくれ。ただし、扱いには気をつけてな」

最後の一言が、公安部長へのせめてもの抵抗であることは明らかだった。

天童がこたえた。

「了解しました」

天童と樋口は席に戻った。

24

「加羅夢は取調室か？」

天童が樋口に尋ねる。

「留置場にいると思います。確認します」

「もし、留置場にいたら、保護室に移してくれ。留置する理由はない」

警察署には、留置場とは別に保護室がある。一般人にも知られている符丁で言うと、留置場は「ブタ箱」で、保護室は「トラ箱」だ。

犯罪の容疑者などを勾留するための留置場に対して、保護室は、酔漢などを泊めるための施設だ。

「わかりました」

樋口は留置場に電話をして、すぐにその措置を取った。

被疑者の取り調べではなく、単に事情を聞くだけなら、空いている捜査員の机を使ったりする。その場合、対象者にはそのへんの椅子で待ってもらうことも少なくはない。だが、加羅夢の場合は留置されていた。

加羅夢は被疑者扱いだった。テロともなれば、誰もが慎重になる。

それらが過剰反応でなければいいがと、樋口は思った。

「公安部長のごり押しだな……」

天童が小声で樋口に言った。公安部の梅田管理官はまだ食事から戻っていない。

樋口は言った。

「田端課長も刑事部長も不満そうでしたね」

「ああ……。加羅夢を釈放するというのは、俺たち刑事の決定だ。それを公安部長に覆された。課長も刑事部長も公安部長に反論できなかったのだろう」

「海外メディアだの、各国の政府だのというのは、おそらく公安部長から出た話ですね」

「だろうな。犯行声明が出た後だ。日本の対応が海外から注目されていると言われると、何も言い返せなくなる」

「しかし、このまま加羅夢を拘束し続けるのは問題ですよ」

「まあ、監視を付ける手間がなくなったと考えればいい。加羅夢には、あくまでも協力要請ということで丁寧に接してくれ」

「そのつもりです」

そこにまず塩崎が戻って来て言った。

「部長たちがもう来てたんだな」

「はい」

樋口は加羅夢の拘束について説明した。塩崎は笑みを浮かべて言った。

「俺はそれでいいと思うぞ」

塩崎は加羅夢の釈放には反対の様子だった。

「何度も言いますが、拘束する理由はないんです」

「締め上げてやればいいんだよ。イスラム国とも関係しているかもしれない。家宅捜索でパソコンなんかを押収したら、接触の事実をつかめるかもしれないぞ」

樋口はかぶりを振った。

「あくまでも協力要請です。そのように接してください。いいですね」

塩崎はわずかに顔をしかめた。

「わかったよ」

梅田管理官も食事から戻って来た。

彼には天童が、加羅夢の拘束について説明した。

「ほう……」

話を聞き終わると、梅田管理官が言った。「ま、結局そういうことになるとは思っていたけどね……」

淡々とした口調だった。

言葉だけを取り上げると、勝ち誇っているようにも思える。

続けて梅田管理官は言った。

「しかし、抗議だけはしておかなければならないだろうねえ」

この言葉に樋口は驚いた。何かの間違いではないかと思ったほどだ。

天童が尋ねる。

「抗議って、どういうことだい？」

「現場の判断をおろそかにしてもらっては困る。そうだろう」

「しかし、相手は部長だぞ」

「誰だろうと、言うべきことは言わなきゃならない。まあ、それで対応が変わるとも思えないがね」

梅田は席を立ってひな壇に向かった。

管理官の上には理事官がいて課長がいる。さらにその上に参事官がいる。部長はその上だ。つまり管理官から見ても雲の上の存在だ。その部長に抗議に行くという。しかも、梅田はどちらかというと塩崎といっしょで加羅夢の釈放に反対の立場だったはずだ。

本当に、何を考えているのかわからない。

樋口は、公安部長に向かって何事か話をしている梅田管理官の姿を見て、そんなことを思っていた。

やがて梅田が戻って来た。天童が尋ねた。

「部長は何だって？」

梅田管理官は、平然とした態度で言った。

「まあ、当然のことながら、出過ぎたことだと叱られた」

樋口は、梅田の度胸に驚いていた。警察官にとって何より恐ろしいのは処分だと言われている。そして、上司に逆らえば、処分を食らう恐れが増すのだ。

天童が言った。

「それで、加羅夢の扱いは、何か変わるのか？」

「身柄は拘束したままだと言われた。これは想定内だな。だが……」

「だが？」

「人権は充分に考慮するので、加羅夢を疑うに足る充分な証拠がなければ釈放してもいいとおっしゃっていた」

樋口は言った。

「シロだという証拠がなければ釈放しないと言っていたのですから、ずいぶんとトーンダウンしたということですね」

天童はうなずいた。

「牧田詠子の身柄を取って、取り調べをすれば、加羅夢がシロかクロかもわかるだろう」

梅田管理官が天童に尋ねた。

「その後、何か進展は？」

「ない。公安に、牧田詠子の情報はないのか？」

梅田管理官はかぶりを振った。

「ないね」

塩崎が言った。

「牧田詠子がシロということは……？」

樋口は言った。

「いや、加羅夢の証言と牧田詠子の証言を比べると、彼女のは信憑性に欠けます。彼女が加羅夢をはめようとしたのだろうと思います」

「加羅夢をテロリストに仕立て上げようとしたということか？」

「疑いを加羅夢に向けさせようとしたんです。つまり、捜査の攪乱です」

「牧田詠子が実行犯の可能性もあると……？」

塩崎に言われて、樋口は首を捻《ひね》った。

「そいつはどうでしょう……。事件の直前に、加羅夢と大学図書館で会っていることは確認されていています。防犯カメラに彼女が写っていたという情報もない。実行犯ではないと思います」

「じゃあ、彼女の役割は……？」

梅田管理官が言った。

「テロの後方支援という可能性が高いね」

塩崎が梅田管理官に言った。

「公安に情報がないということは、最近テロ組織に加わったということでしょうかね」

「どうだろうね」

樋口は言った。

「牧田詠子は、バングラデシュでボランティア活動をしていたし、インドやパキスタンに何度も旅行したことがあると言っていました。それは、調べればわかることなので、嘘ではないと思います。だとしたら、そのときに、テロ組織と接触した可能性もありますね」

天童が言った。

「その供述の裏を取ってくれ。渡航先を特定するんだ。何か手がかりがつかめるかもしれない」

梅田管理官が天童に言った。

「それは、こっちでやろう」

天童はうなずいた。

「頼む」

公安部長に抗議をしたということで、梅田管理官の印象がずいぶん変わっていた。腹に一物あると感じていたのだが、今はそんな雰囲気がない。

印象というのは、こちらの気の持ちようなのかもしれないと、樋口は思った。

天童が思い出したように尋ねた。

「そう言えば、柳瀬と佐藤はどうしているんだ？」

今思い出したわけではないだろうと、樋口は思った。それは演技に違いない。

天童の質問に、梅田管理官がこたえた。

「柳瀬と佐藤？　もちろんシファーズに張り付いているよ。彼を釈放したのは、午前一時頃だから、まだ半日も経っていない」

「交替要員はいないのかね？」

「公安は、丸一日くらいは平気だよ」

「連絡は？」

「定時連絡はちゃんと入っている。シファーズはいつもどおり、仕事に出かけたようだ」

「昨夜帰宅したのは遅かっただろうにな……」

「いくら遅く帰宅しようと、そんなことで休めるほど仕事は甘くないだろう」

「まあ、そうだろうな……」

本当に柳瀬と佐藤は、シファーズの監視を続けているのだろうか。樋口はその疑いをぬぐい去れずにいた。

考え過ぎなのはわかっている。だが、天童と自分の進退がかかっている。因幡と接触をしたことが明らかになったら、天童も自分も無事では済まない。

懲戒免職はおろか、テロリストに加担した罪に問われ、逮捕されるかもしれない。

罪状はおそらく、爆発物取締法違反、危険物取締法違反、殺人、傷害の共犯ということになるだろう。テロに関する法律には、テロ対策特別措置法があるが、これは、テロに関する国連決議などを踏まえて、日本がアメリカなどを支援する際のことを規定したもので、テロに関する罰則規定ではない。

天童は自分を犠牲にしてでも、テロを防ぎたいと考えている。自分もそれにならうべきだと、樋口は考えていた。

覚悟は決めているつもりだった。それが自分の仕事だ。

だが、家族のことを考えると、決心が鈍る。いや、天童と運命を共にすることには迷いはない。

問題は何かあった後のことだ。家族を路頭に迷わせることになるかもしれない。それが何より辛かった。

そのことを妻や娘に説明している自分を想像して暗澹《あんたん》とした気分になった。

できれば、天童も自分も罪に問われることがなく、なおかつ懲戒も免れたい。

それは虫のいい願いだろうか。

天童が携帯電話を取り出した。着信があったようだ。発信者の名前を確認して、電話には出ずにそのままポケットにしまった。

彼は立ち上がり、梅田管理官に言った。

「家から電話だ。ちょっとここを頼む」

梅田管理官はうなずいた。天童は誰もいない、部屋の隅に行き、電話をしている。

樋口はその様子を見て、相手は家族ではないだろうと思っていた。

因幡に違いない。

樋口はさりげなく、梅田管理官の様子を観察した。梅田は、手もとの書類に没頭しているように見える。天童のことはまったく気にしていない様子だ。

電話の相手が因幡だと気づいてはいないようだ。

天童はすぐに戻って来た。

「いやあ、何十年も警察官の妻をやっているんだから、いい加減に慣れてくれればいいものを……」

樋口は調子を合わせた。

「子供が生まれたときからでしょうか。家に帰れないときは、なんだか後ろめたい気持ちになります」

梅田管理官は、書類から顔を上げようとしない。家族の話など、どうでもいいということなのだろうか。

樋口は天童を見た。天童はかすかにうなずいてきた。やはり、電話は因幡だった。天童はおそらく、牧田詠子の名前を因幡に伝えたのだろう。

因幡は、独自の情報網で牧田詠子を追うのだろう。警察官としては情けないが、因幡に頼りたい気分だった。

まだ、牧田詠子の行方を追っている捜査員たちからは知らせがない。すでに国外逃亡しているのではないだろうか。

樋口は危惧した。

だが、捜査員たちは当然ながら出国記録も調べただろうし、空港や外国航路の船が停泊する港は監視対象になっているはずだ。

捜査員たちは、やるべきことはやっている。樋口たちはただ朗報を待つしかない。

25

梅田が携帯電話を取り出した。

「はい、梅田」

それから無言で相手の言葉に耳を傾ける。

「わかった。ご苦労さん」

彼は電話を切ると言った。

「柳瀬からの定時連絡だ。シファーズは、普通に中古車販売店で仕事をして、今昼食に出かけたようだ」

樋口は時計を見た。昼の十二時だった。

定時連絡を寄こしたということは、柳瀬たちは間違いなくシファーズに張り付いているということだろう。彼らを疑う理由はない。

だが、どうしても気にかかる。

天童が、因幡から来た電話を受けて、あたかも家族からの電話だったかのように装ったのと同様に、梅田管理官が嘘をついているということも考えられる。

いや、そこまで疑う必要はないだろうと、樋口は思った。

梅田管理官が、公安部長に、もっと現場の判断を尊重してくれるように申し入れたことで、彼の印象はかなり変わった。

梅田管理官は、公安と刑事がこだわりを捨てて協力し合うべきだというようなことを、何度も言っている。

それはたてまえか、公安のやり方をカムフラージュするためだと、樋口は思っていた。

だが、公安部長への抗議以来、樋口は考えを変えつつあった。

もしかしたら、梅田管理官は本心から、刑事と協力し合いたいと考えているのではないか。

そんな気がしてきたのだ。

いや、これも、希望的観測か……。

樋口は、指揮本部に黒いスーツ姿の男たちが、ぞろぞろと入ってきたのを見て、何事かと思った。

天童が言った。

塩崎も同様に出入り口のほうを見て怪訝な顔をしている。

「何事だ……」

梅田管理官がちらりと見て言った。

「ああ、公安の捜査員だね。公安機動捜査隊が中心のようだ。部長が招集したんだろう」

公安機動捜査隊は、公機捜と略される。目黒区目黒一丁目に本部を置く執行隊だ。

テロや爆弾事件を専門に捜査する。全員が英語に堪能で、かなりのインテリと聞く。

刑事部の機捜が、捜査一課への登竜門であるように、公機捜もエース公安マンへの登竜門なのだろう。若手が多く見受けられる。

天童が梅田管理官に尋ねた。

「公機捜は、事件当初から活動していたんだろう？」

「ああ。当然そうだろうな。刑事部の機捜が事件の初動捜査を担当するのと同じだ。すぐに出動したはずだ」

「それを指揮本部に呼び集めて、公安部長は何をしようというんだ？」

「人海戦術が必要だと考えたんじゃないか」

「公安お得意のローラー作戦か……」

「そいつはずいぶん、昔の話だよ」

梅田管理官が昔の話と言ったのは、ローラー作戦が、左翼過激派の摘発に使われたからだ。アパートや下宿などを大量の捜査員を動員して虱潰《しらみつぶ》しに調べるのだ。

天童が言った。

「だが、決して過去のものじゃないだろう。そのノウハウは蓄積されているはずだ」

梅田管理官は肩をすくめた。

「おそらく、大学周辺や牧田詠子の自宅周辺で、ローラー作戦を展開するつもりだろう」

樋口は尋ねた。

「ローラー作戦には、潜伏している活動家をいぶり出す目的もあったはずですね」

樋口は、一九六〇年代終わりから七〇年代にかけての学生紛争や過激派の闘争について、あまり詳しくは知らない。

その時代を知っている警察官は、すでに退官している。学生や活動家と命がけで戦った当時の機動隊員たちも、今はもう警察を去った。

昭和はどんどん遠くなるのだ。

「そうだね」

梅田管理官がこたえた。

「アジトに潜んでいた活動家なんかには、ずいぶんと脅威だったようだよ」

「同じ作戦が、宗教的なテロリストにも通用すると思いますか？」

「もちろん、通用するさ」

梅田管理官の言葉は自信に満ちていた。

「動機はどうあれ、テロリストはテロリストだ」

黒いスーツの男たちは、徐々に増えつつあった。捜査員席には収まりきらず、ひな壇の前に立ったまま並んでいた。

部屋に残っていた刑事たちが、唖然として彼らを見つめていた。

天童が言った。

「これだけ公安の人数が増えると、バランスが取れなくなるんじゃないのか？」

梅田管理官が言った。

「バランス？　何のバランスだ？」

「指揮本部における、公安部と刑事部のバランスだ」

「そんなバランスを取る必要があるのか？　公安にできることは何でもやる。そうでなければ、次のテロを未然に防ぐことなんてできないぞ」

「それはそうだが、捜査員たちの士気ということも考えないと……」

「刑事も自分たちの得意なことをどんどんやればいいんだ。加羅夢の取り調べはどうした？」

天童は顔をしかめた。

「加羅夢はシロだよ。あんただって、そう思っているんだろう？」

「まだシロと決まったわけじゃない。もしかしたら、何か知っているかもしれない」

天童は考え込んだ。それから樋口と塩崎に言った。

「梅田管理官の言うとおりだ。加羅夢が現場で何かを見ているかもしれない。彼がテロ組織と関わりがあるかどうかは別として、事件当時、現場付近にいたことは確かなんだ」

「わかりました」

樋口は内線電話で、保護室から加羅夢を取調室に移動させるように係員に指示し、立ち上がった。

塩崎もほぼ同時に立ち上がっていた。

指揮本部を出たところで、呼び止められた。天童が追ってきたのだ。

樋口は塩崎に言った。

「先に行っててください」

「わかった」

塩崎が歩き去ると、天童が言った。

「公安が指揮本部の主導権を握ると、因幡と接触することがますます危険になる」

樋口はうなずいた。

「たしかにそうですね」

天童の言葉に樋口はこたえた。「だから、今後は俺一人で接触する」

「いや、それは……」

天童は、片手を上げて樋口の言葉を制した。

「ヒグっちゃんはバックアップだ」

「バックアップ……？」

「そうだ。万が一、俺が失脚したり、検挙されたりした場合、ヒグっちゃんが因幡と連絡を取るんだ」

「天童さんだけに、危ない橋を渡らせるわけにはいきません」

「それが一番いいんだ」

そうだろうか。

樋口は考えた。

「俺は席に戻る。今後は俺だけがあいつと接触する。いいな」

天童が指揮本部内に戻った。樋口はしばらくその場に立ち尽くしていた。

考え続けていたのだ。

天童が「一番いい」と言ったことが、本当にベストなのだろうか。もっと他に、いい方法があるのではないだろうか。

樋口は、取調室に向かって歩き出した。それでもまだ考えていた。

俺はいったい、どういう事態を望んでいるのだろう。どうなれば理想的だと思っているのだろう。

何かに迷ったら、常にそこから始めるべきだと、樋口は考えていた。一番望ましいのはどういう状況かを考えるのだ。

だが、たいていそれはあまりに理想的過ぎて現実離れしていることが多い。

しかし、そこから始めるのが正しいのだ。もしそれが不可能だとしたら、何が可能なのかを考える。そうすれば、理想に近づくための実務が見えてくる。

だが、今はまだ因幡との関係をどうすればいいのか見当もつかない。だが、理想の状況はあるはずだ。

26

取調室に着くと、すでに加羅夢と塩崎が向かい合っていた。樋口は塩崎の隣に座った。

塩崎はまた、悪い警官の演技を続けるのだろうか。樋口がそう思っていると、塩崎が言った。

「ヒグっちゃん。あんたが、話をしてくれ」

「俺が……？」

「選手交代してみるのもいいだろう」

樋口はうなずき、加羅夢を見た。加羅夢は表情を閉ざしている。何の感情も見て取れない。

いくつもの激しい感情が通り過ぎた後なのだ。加羅夢は最初、警察に連れて来られたことに対して、驚き戸惑っていたに違いない。塩崎の取り調べを受けて、次第に怒りを覚えるようになった。

そして、いつまでも拘束を解かれないことで不安になっているはずだ。

だが今はそのすべての感情を呑み込んでいた。

樋口は声をかけた。

「事件当時のことを、もう一度聞かせてください」

加羅夢は何も言わない。

「探していた本が見つかり、それを借りるために、あなたは大学の図書館を訪ねた。そうですね？」

すぐにこたえは帰ってこなかった。

黙秘するつもりじゃないだろうな……。

樋口がそう思ったとき、加羅夢が口を開いた。

「何をどう言っても、僕が事件と関係ないということを信じてくれないのでしょう？　父がバングラデシュ人だったからですね。僕は無宗教の日本人だということを、なぜ理解してくれないのです」

軌道修正が必要だと、樋口は思った。加羅夢には協力者になってもらわなければならない。

「信じていないわけではありません。確認したいことがあるのです」

樋口の言葉に、加羅夢が聞き返した。

「確認したいこと？　何です、それは」

樋口は言った。

「あなたは、ネット上の掲示板で、『ケインズの断崖』という本を探していた。そうですね」

「そうです」

「その本が、大学の図書館にあると教えてくれた人がいたのですね？」

「はい」

「そして、日時を指定されて、あなたはその本を受け取るために、大学図書館に行った……。そういうことでしたね」

「その話はもうしました」

加羅夢はまだ警察に対する反感を露わにしている。もし、痛くもない腹を探られているのだとしたら、無理もないことだ。

だが、加羅夢がテロに関わっているとしたら、この怒りの表情は演技ということも考えられる。

樋口は、できるだけ穏やかな口調で言った。

「ですから、確認を取っているのです。掲示板で、本のありかを教えてくれた人の実名はわからないのですね？」

「わかりません」

「その人が、大学の図書館に勤めているかどうかもわからないのですね？」

「わからないと言ってるでしょう」

「あなたに本を手渡した相手は、牧田詠子という名前でした。その名前に聞き覚えは？」

「以前、刑事さんから同じことを訊かれました。こたえは同じです」

「あなたは、掲示板で本のありかを教えてくれた人物と、図書館で本を手渡してくれた人が、別人ではないかと言いましたね？」

加羅夢が怪訝そうな表情になっていく。

「ええ……。だって、もし掲示板で教えてくれた人なら、実際に会ったときにその話をするでしょう。図書館で本を手渡してくれた人は事務的で、とてもネット上の知り合いとは思えませんでした」

「もしそれが、わざとだとしたら……」

隣の塩崎が自分のほうを見たのを、樋口は感じていた。

樋口は加羅夢を見ていた。加羅夢は戸惑ったような表情を見せた。

「わざと……？　それ、どういうことです？」

「あなたを、あの時間、あの場所に誘い出すための計画だったとしたら……」

加羅夢は樋口の顔を見たまま考えている様子だった。

「おい、ちょっと」

塩崎が言った。外へ出ろということだ。

樋口は加羅夢の返事を待ちたかった。だが、塩崎に逆らうわけにもいかない。同じ係長だが、彼は三歳年上だ。

廊下に出ると、塩崎は言った。

「いったい何を言い出すんだ」

「考えてみたんですが、どうしても不自然じゃないですか」

「不自然……？　何がだ？」

「加羅夢と牧田詠子の関係です。大学図書館で加羅夢に本を渡したのは、間違いなく牧田詠子です。そして、現場にいた外国人らしい人物が、シファーズではなく加羅夢だと証言したのも、牧田詠子です」

「だから、彼女の行方を追っているんじゃないか」

「もし、掲示板で本のありかを教えた人物が牧田詠子だとしたら、かなり計画的ですよね」

塩崎が考え込んだ。

「計画……？　何のための計画だ？」

「ですから、加羅夢を呼び出すための計画です」

塩崎が首を傾《かし》げる。

「加羅夢を現場近くに呼び出すための……」

「そうです」

「その結果、加羅夢は防犯カメラに写ったわけだ」

「そして、疑いをかけられた」

「そうだな。だから彼の身柄を拘束して、取り調べをやっているんだ」

「それが牧田詠子の狙いだったとしたら、それはなぜでしょう」

「なぜ……？」

「なぜ、加羅夢に疑いがかかるようにする必要があったのでしょう」

「捜査の攪乱が目的だろう」

「捜査の攪乱というのは、マスコミ用語ですよ。犯人、あるいは犯人の協力者には、明確な目的があったはずです」

「では、その明確な目的というのは何だ？」

「我々の眼を、真犯人から遠ざけることでしょう」

「牧田詠子は、現場にいた外国人はシファーズではなく、加羅夢だと証言した。つまり……」

「シファーズも現場にいたのかもしれません。ＳＳＢＣの最初の解析では、現場にいたのはシファーズだったという結果だったのです」

「その解析結果は間違いだったということで、解析のやり直しを依頼したじゃないか」

「学生の目撃証言もありました」

「それも、間違いだったということになったはずだ。日本人にはなかなか、パキスタン人やバングラデシュ人の見分けがつかないだろうということで……」

「それは憶測です。学生の目撃証言とＳＳＢＣの解析結果を否定する根拠にはなりません。シファーズが現場にいた外国人ではないと判断した根拠は、彼のアリバイでした」

「ああ。職場のオーナーと従業員の二人が証言したんだったな……」

「その二人も共犯だったとしたら……」

塩崎は眉をひそめた。

「もしかしたら、公安の連中が言っていたことが正しかったかもしれないな。シファーズを釈放すべきじゃなかったようだ」

「しかし、あの時点では、拘束を続けるのは無理でした」

「俺は管理官たちに今の話を伝えてくる。あんたは、加羅夢の取り調べを続けてくれ」

「取り調べじゃないです。事情聴取です」

「どっちでもいい」

塩崎は足早に去っていった。樋口は取調室に戻り、加羅夢と向き合った。

彼はまだ、戸惑ったような表情を浮かべている。

樋口は言った。

「おそらく、牧田詠子という女性は、我々の疑いをあなたに向けさせようとしたのです」

「なぜ僕なのですか？　両親がバングラデシュ人だからですか？」

「お父さんだけじゃなくて、お母さんもバングラデシュ人なんですね？」

「はい。父と母は向こうで結婚して、二人で日本にやってきたのです」

「あなたがベンガル人の血を引いているからというよりも、もっと単純に考えて、実行犯に似ていたからではないかと、私は考えています」

「似ているから……」

「誰かに似ていると言われたことはありませんか？」

「特に記憶にありませんが……」

加羅夢は考え込んだ。いつしか彼から反抗的な態度が消えていた。

「そう言えば……、一ヵ月ほど前のことです。友達から僕を見かけたと言われたことがあります。でも僕はそこにはいませんでした」

樋口は尋ねた。

「お友達は、どこであなたを見かけたと言ったのですか？」

ふと加羅夢は不安気になった。

「あの大学です。大学の近くで僕を見かけたと言われたんです。でも、その当時僕はあの大学には近づいたこともありませんでした」

「それはあなたによく似た人物だったのでしょう。友達が間違えるほど……」

その人物はシファーズだったかもしれないと、樋口は思った。

いや、予断は禁物だ。捜査はあくまで慎重に進めなければならない。だが、その可能性はおおいにある。

「そのことを、誰かに話しましたか？」

「何人かに話したし、ツイッターに書き込みましたね」

ツイッターか……。

樋口はその仕組みがよくわからない。ちゃんと設定をしない限り、書き込んだ内容は、あらゆる人々の眼にとまる可能性があるらしい。

「その出来事は、掲示板で誰かが『ケインズの断崖』のありかを教えてくれたのより前ですか、後ですか？」

「前です。本のありかを知ったのは、ごく最近のことですから……」

加羅夢の話は筋が通っている。思いつきでしゃべっているわけではないことがわかる。

「どうやらあなたは、かなり計画的に容疑者にさせられたようです」

「え……」

「おそらく組織的な犯行でしょう。個人では無理だと思います」

すでに加羅夢を容疑者と考える理由はない。樋口はそう思っていた。

加羅夢もそうした樋口の思いを感じ取った様子だ。

「マキタ・エイコという女性は、その仲間だということですか？」

「そういうことだと思います。我々は全力で彼女の行方を追っています」

「掲示板で本のありかを教えてくれたのも、マキタ・エイコなのでしょうか？」

「その可能性はあると思います。掲示板のアドレスを教えていただけますか。プロバイダにデータの提供を依頼できるかもしれません」

「いいですよ」

樋口は手帳からメモ用紙を一枚破り、ボールペンとともに加羅夢に渡した。加羅夢はそこに、問題の掲示板のＵＲＬを記した。

「それと……」

樋口は言った。「あなたは、牧田詠子と接触しています。何か気づいたことはありませんか」

「気づいたことですか……。本を受け取っただけですからねえ……」

「あなたが大学図書館を出た後、彼女はあなたを尾行していた可能性があります。気づきませんでしたか？」

「尾行ですか？」

「そうです。彼女は、あなたを現場近くで見かけたと証言したのです」

「たしかに、爆発が起きたとき、現場からそれほど遠くない場所にいました。いやあ、地面が揺れて驚きました」

「牧田詠子には気づかなかったのですね」

「気づきませんでしたね」

「現場は騒然となったと思います」

「……というか、みんな何が起きたかわからず、きょとんとした様子でしたよ」

「あなたとよく似た人物を見かけませんでしたか？」

「それが実行犯だと、先ほどおっしゃいましたね」

「断言はできません。しかし、その可能性は高いと私は考えています」

「その人物はバングラデシュ人だと、あなたはお考えなのですか？」

加羅夢の質問に、樋口はかぶりを振った。

「どこの国の人かはわかりません。しかし、海外の人物である可能性は高いと思います。現場で、そのような人物を見かけませんでしたか？」

「気づきませんでしたね」

加羅夢は肩をすくめた。

「自分によく似ている人を見かけたら、覚えているはずですよ」

「そうですね……」

加羅夢が尋ねた。

「ねえ、僕はいつまで拘束されるんですか？」

どうやら樋口に対する警戒を解いたようだ。そんな口調だった。

樋口はこたえた。

「拘束とは思わないでください。あなたが収容されているのは留置場ではなく保護室なのです。これは保護だと思ってください」

「保護……。何のために……」

「あなたを容疑者にしようとした連中は、今度は口封じを考えるかもしれません」

「僕の口を封じるというのですか？　何のために」

ほとんど思いつきで言ったことなので、追及されるとぼろが出そうだった。

「例えば、の話です。とにかく、我々としてはあなたの身の安全を確保したいのです」

加羅夢はうんざりしたように首を横に振った。

「僕が危険だとは思えませんね」

「正直に言うと、あなたの身柄を拘束することで、犯人たちを油断させる目的もあるのです」

「僕を利用しているということですね。そんなことで、拘束されるのは真っ平ですよ」

「お気持ちはお察ししますが、どうかご協力いただきたいのです」

加羅夢から不安気な表情が消えた。

「さっきいっしょだった刑事さんは、とても協力を頼むという態度じゃなかったですね」

「最初に話を聞いた時点では、まだあなたの疑いは晴れていませんでした」

「ずいぶんと失礼なことを言われました。明らかな差別でした。それについて謝罪してほしいです」

塩崎が聞いたら「ふざけるな」と怒鳴っていたかもしれない。だが、樋口は加羅夢の言うこともっともだと思っていた。

半分は演技だったとしても、塩崎がずいぶんとひどいことを言ったのも事実だ。

「あの刑事が謝罪したら、協力してくれるのですね？」

「考えてみますよ」

「もし、謝罪をしないと言ったら？」

「帰らせてもらいますよ。僕は逮捕されたわけじゃないんでしょう？」

樋口は言った。

「わかりました。ここでしばらく待っていてください」

加羅夢の返事を聞く前に、取調室を出た。

27

指揮本部に向かって歩きながら、樋口は考えた。

塩崎は加羅夢に謝罪してくれるだろうか。それが協力の条件だと言っても、なかなか納得してくれないだろう。

だが、説得しなければならないと、樋口は思った。塩崎が、加羅夢に差別的な暴言を吐き、傷つけたことは確かだ。それについて、謝罪すべきだと樋口は考えていた。

多くの警察官は、そんなことは考えないかもしれない。なめられたら終わりだ。たいていの刑事はそう思っている。したたかな犯罪者を相手にしていると、自然とそうなってしまうのだ。

だからといって、人権侵害が許されるわけではない。謝罪で済めば御の字だ。訴えられないだけいい。樋口はそう思っていた。

指揮本部にやってくると、樋口は天童に声をかけられた。

「おう、ヒグっちゃん。シオから話を聞いた。シファーズがやっぱり怪しいと言っているらしいな」

「その可能性があるように思います」

「シファーズにはアリバイがあったはずだ」

「それはシファーズが働いている中古車屋のオーナーと従業員が証言したのですが、もし、その二人もテロ組織と関係があるとしたら、アリバイそのものが怪しいということになります。SSBCは、防犯カメラに写っていた外国人はシファーズだという解析結果を出しているんです。そして、シファーズを現場近くで見たという学生の証言もあります」

「それらを否定した根拠は、中古車販売店のオーナーと従業員の証言だった。しかし、それを疑い出したら、いったい何を信じていいのかわからなくなる」

「SSBCの解析結果は正しかったのかもしれません。そして、学生の証言も見間違えなどではなかったのかもしれないのです。牧田詠子は、加羅夢を容疑者にしようとしました。おそらく、彼女があの時刻に、加羅夢をあの場所に向かわせたのです。そして、現場にいたのはシファーズではなく加羅夢だと証言した……。その目的は何でしょうか？　シファーズにかかっていた疑いの眼を加羅夢に向けさせることじゃないですか」

天童は、しばらく考えていた。やがて彼は、梅田管理官に言った。

「監視を付けていて正解だったな」

「そうだな……」

「してやったりという気持ちだろうな」

梅田管理官は溜め息をついてからかぶりを振った。

「だから、俺は勝ち負けなんて考えていないんだ。シファーズを再び疑う必要があるというのは、あんたら刑事たちが加羅夢を尋問していてわかったことだろう。別に公安の手柄じゃない」

塩崎が言った。

「だが、待てよ……。加羅夢が現場近くにいたのは確かなんだよな。彼が防犯カメラに写っていたことも事実だ。やっぱり、ＳＳＢＣの解析結果は間違いだったということなんじゃないのか？」

樋口はこたえた。

「両方写っていたんだと思います」

「両方……？」

「そうです。シファーズも写っていたし、加羅夢も写っていた。だが、我々は牧田詠子の証言のせいで、防犯カメラに写っていたのは、加羅夢だけだと思い込んでしまったんです」

「なるほど……。つまり、ＳＳＢＣはシファーズが写っている部分に注目して解析結果を出した。そして、牧田詠子は加羅夢が写っている部分を強調しようとした。そういうことか」

樋口はうなずいた。

天童が梅田に言った。

「幹部たちに報告に行こう。シファーズの監視態勢を強化する必要があるだろう」

二人が席を立ち、ひな壇に向かうと、樋口は塩崎に言った。

「加羅夢にはもうしばらくとどまってもらって、捜査に協力してもらわなければなりません」

「そうだな」

「そのために、加羅夢が謝罪を要求しています」

「謝罪？　何の謝罪だ？」

「彼は、塩崎さんに差別的な暴言を吐かれたと思っています」

「ふざけるなと言ってやれ。取り調べできついことを言うのは当然のことだ」

樋口はここで引くわけにはいかないと思った。なんとか説得しなければならない。

「厳しく取り調べるのは、刑事として当然のことです。でも、それは相手が反抗的だったり、非協力的な場合でしょう」

樋口は塩崎に言った。

塩崎は苦い表情だ。

「刑事は絶対に気を許しちゃいけない。なめられたら終わりなんだ」

「もちろんそれはそうです。相手が敵対するなら、徹底的に厳しくしなければなりません。しかし、加羅夢は協力者なんです」

「ふん。協力するために条件を出してきたんだろう。そんなやつは本当の協力者とは言えない」

「こちらのやり方に態度を硬化させただけです。今後は協力的になるはずです」

「一度吐いた唾は飲めないんだよ。今さら、さっきはすいませんでした、なんて言えるか。それにな、加羅夢の疑いだって、完全に晴れたわけじゃないんだ」

「俺は、彼の疑いは晴れたと思います」

塩崎はきっぱりとかぶりを振った。

「再びシファーズが怪しくなってきた、というだけのことだ。今のところはどちらも怪しいということだろう」

「いえ、そういうことではないと思います」

「牧田詠子だって、身柄を取って調べてみなけりゃわからない。本当に加羅夢を現場で見て、怪しいと思っただけなのかもしれない」

「牧田詠子の行動は明らかに計画的でした。彼女はシファーズから捜査の眼をそらすために、加羅夢を実行犯に仕立て上げようとしたのだと思います」

「だから、それは憶測に過ぎないんだよ。俺たちはまだ、何一つ確実なものを手に入れていないんだ。今、甘い顔はできない」

塩崎の気持ちもわからないではなかった。

半ば演技とはいえ、あれだけのことを言っておいて、今さら謝罪するのはきついだろう。もしかしたら、演技ではなかったのかもしれないと、樋口は思いはじめた。

塩崎は、本気で加羅夢を嫌悪していたのかもしれない。加羅夢は日本人で無宗教だが、両親はバングラデシュで生まれ育った。塩崎は、その民族や宗教に差別的な感情を抱いているのではないだろうか。

だとしたらなおさら、ここは塩崎に謝罪してもらわなければならない。

樋口は言った。

「加羅夢には協力者になってもらわなければなりません。彼に警察にいてもらう必要があるのです。彼が警察に拘束されているように見えることで、真犯人を安心させ、油断させることができます」

「拘束しておけばいい」

「いや。彼をこれ以上拘束できる理由はありません」

「ヒグっちゃんは、シファーズのときも同じようなことを言ったんだ。それで、彼を釈放することになったんだぞ」

樋口はそれを負い目に感じていた。

「それについては反省をしています。しかし、人権を考慮するという俺の立場を変えようとは思いません」

「人権、けっこうだがな、俺たちはホシを挙げなきゃならないんだ」

「塩崎さんが一言謝ってくれれば、加羅夢は警察にとどまると言っているんです」

「あんたが甘やかすから、いい気になってるんだ。怒鳴りつけてやればおとなしくなる」

「それでは、協力は望めません」

「力ずくで協力させればいい。それが警察ってもんだろう」

樋口は立ち上がり、頭を下げた。

「お願いします」

さすがに、塩崎は驚いた様子だった。

「おい、ヒグっちゃん。何の真似だ？」

樋口は頭を下げたまま言った。

「加羅夢の協力は、この先の捜査に不可欠です。そのためには、塩崎さんの謝罪が必要なんです」

「だからって、ヒグっちゃんが俺に頭を下げることはない」

樋口は言った。

「塩崎さんだけに恥をかかせることはしません。ここで土下座しろというなら、やります」

そこに、管理官たちが戻って来た。

天童が樋口たちの様子を見て言った。

「いったい、何事だ？」

塩崎が言った。

「何でもありません。おい、ヒグっちゃん。座ってくれ」

樋口は頭を下げたまま動かなかった。

塩崎が困り果てたような調子で言った。

「わかった。あんたの言うとおりにするよ」

「ありがとうございます」

そう言って樋口は頭を上げた。

塩崎が渋い顔で言った。

「加羅夢はどこにいるんだ？」

「取調室にいます」

「じゃあ、会いに行こう」

塩崎が立ち上がった。二人は取調室に向かった。

「いろいろと済まなかったな」

塩崎は加羅夢に言った。

ぶっきらぼうな口調だったが、謝罪は謝罪だ。

樋口は加羅夢の出方を待った。もしかしたら、「もっと丁寧に謝れ」などと言い出すのではないか、と思ったのだ。

加羅夢は、樋口に言った。

「約束ですから、協力しますよ。何をすればいいんです?」

樋口はほっとして言った。

「先ほど言ったように、あなたが警察にいてくれることが重要だと思います」

「わかりました。家族と連絡を取らせていただけますか?」

「署内の公衆電話を使ってください」

「携帯電話を返してもらえないのですか? 僕は協力者ですよ」

樋口は迷った。

加羅夢の疑いはまだ完全に晴れたわけではないと、塩崎が言っていた。残念ながらそうかもしれないと、樋口も思っていた。

加羅夢はスマートフォンを持っていた。スマートフォンは多様なコミュニケーションツールを搭載している。

音声通話だけでなく、メール、SNS等インターネットを通じてのさまざまな通信も可能だ。今加羅夢にそれを与えるのは危険ではないかと思ったのだ。

そのとき、塩崎が言った。

「いいじゃないか。彼が言うとおり、協力者なんだから、ケータイを返してやろう」

この言葉に、樋口は驚いた。塩崎が反対するだろうと思ったので迷っていたのだ。まさか、塩崎のほうからそう言うとは思わなかった。

「じゃあ、そうしましょう」

樋口は係員に、加羅夢のスマートフォンを持ってこさせることにした。

「心配しなくていいです。取調室の様子を写真に撮ってSNSに上げたりしませんから」

樋口はその軽口に付き合うつもりはなかった。釘を刺すように言った。

「親御さんに電話するだけにしてください」

塩崎が言った。

「まず電話を済ませるんだ。訊きたいことがいろいろとある」

加羅夢は電話した。

会話の内容から、相手は母親だろう。心配するなと繰り返していた。

加羅夢が電話を切ると、塩崎が言った。

「まず言っておくが、普通は刑事が参考人や被疑者相手に謝罪などはしないんだ。今回は特別だ」

「僕は参考人でも被疑者でもないんでしょう？　協力者だと言われました」

塩崎が鼻白んだ顔になる。

「事情が変わったんだよ。当初あんたに疑いがかかっていた。だから身柄を引っぱったんだ」

加羅夢は肩をすくめた。

「まあ、謝罪してもらったんだから、いいです」

「宗教とか民族とかの話は本気で言ったわけじゃない。あんたを挑発するためだったんだ。それを理解してもらいたいな」

樋口はさらに驚いていた。塩崎が言い訳をしている。謝罪は嫌だと言っていたのに、どういうことだろう。

樋口は思った。

謝罪したことで、塩崎も気が楽になったのかもしれない。それで、本音を言いはじめたのだ。

携帯電話の件といい、加羅夢に対して、かなり歩み寄った印象がある。

もともと塩崎は悪い男ではない。

先ほど、民族的な差別や宗教的な偏見が、もしかしたら本音だったのではないかと考えたが、どうやらそんなこともなさそうだ。

樋口はそう思ってほっとした。

塩崎を嫌いになりたくないと思っていたのだ。樋口は人から嫌われるのはもちろんだが、誰かを忌み嫌うのも嫌だった。

事なかれ主義だと、自分が嫌になったこともあったが、今はそういう生き方も悪くはないはずだと思っている。

加羅夢も塩崎に対する反感を取り払ったように見える。二人の心理的な距離はぐっと縮まったのだ。

塩崎が尋ねる。

「取調室からSNSを利用されるのは困るが、ネットはさかんに利用しているようだな」

加羅夢はまた肩をすくめた。この仕草は何度か見かけた。彼の癖なのかもしれない。

「まあ、普通だと思いますよ。ツイッターもやってますし、他にもSNSをやってます」

樋口が言った。

「そう言えば、自分とそっくりの人がいたらしいという話も、ツイッターに書いたのでしたね」

塩崎が樋口のほうを見た。

「それは初耳だな」

「すいません。言いそびれました。後でちゃんと報告するつもりでした」

塩崎が加羅夢のほうを見た。

「その話を詳しくしてくれ」

加羅夢は、先ほど樋口に話したことを繰り返した。

話を聞き終えると、塩崎が言った。

「その書き込みの内容は、誰でも見られるのか？」

「非公開にはしていないので、基本的に誰でも見られます。でも、僕のツイッターなんて、フォロワーの友達しか見てないと思っていました」

一度インターネットに上がったものは、世界中の誰もが見られるのだ。その危険性をちゃんと理解すべきだと、樋口は思う。

塩崎が言った。

「犯人グループがそれを見つけたのだろうな。それが一ヵ月ほど前と言ったな」

「はい」

「じゃあ、あんたをはめようという計画は、その頃から始まったんだ」

「まさか……」

樋口は言った。

「おおいにあり得ることだと思います。その後、誰かからその件で接触はありませんでしたか？」

樋口の質問に、加羅夢は首を捻った。

「さあ……。友達がリツイートしたり、コメントをくれたりしましたが、それ以外に特別なことはありませんでしたね……」

塩崎が尋ねる。

「そのリツイートしたりコメントをくれた友達の名前と連絡先を教えてくれるか？」

「友達に迷惑がかかるのは嫌です」

「協力者だろう。そういう情報が重要なんだ」

樋口も塩崎を援護するつもりで言った。

「その人たちが、テロと関係あるとは、私たちも考えてはいません。しかし、人はどこで誰とつながっているかわかりません」

「ツイッターに記録が残っていますから、すぐにわかりますけど……」

加羅夢はスマートフォンをいじった。そして、ツイッターの書き込みに対するリアクションの画面を表示した。

「この人たちです」

塩崎が言った。

「リストにしてほしいんだけどな」

「この画面をスクリーンショットして、メールで送りますよ」

樋口は言った。

「本名と連絡先を書いてほしいんだ」

加羅夢は肩をすくめた。

「わかりました」

樋口は、紙とボールペンを用意させた。取調室にそれが届けられると、加羅夢はすぐに作業にかかった。

リツイートした人は三人。コメントをくれた人が五人いた。

「反応したのは、たった八人か……」

塩崎が言った。

樋口は、加羅夢に尋ねた。

「フォロワーは何人いますか？」

「五十人くらいですね」

樋口は塩崎に言った。

「彼の書き込みを直接見たのは五十人くらいということです。だが、リツイートした人が三人います。その三人のフォロワーも見ることになるでしょう。もちろん加羅夢さんのフォロワーとは一部重なっているかもしれませんが、それでもずいぶんと数は増える。フォロワーのフォロワーがまたリツイートするかもしれない。するとねずみ算式に書き込みを見た可能性がある人は増えていく」

「仕組みは俺だって知っている。つまり、犯人グループをツイッターからたどろうとしても無理ということだな」

「だが、やってみる価値はあります」

「またSSBCの出番か。まだ防犯ビデオの映像解析やり直しの結果も出ていないのにな」

「やってもらうしかありません」

塩崎がまた、加羅夢に尋ねた。

「知り合いがあんたに似た人を見かけたのが、爆発現場近くの大学だったということだな？」

加羅夢はリスト作りの手を止め、顔を上げた。

「ええ、そうです」

塩崎がちらりと樋口を見た。樋口は小さくうなずいてみせた。

それはシファーズだったかもしれないと、塩崎は考えているのだろう。樋口も同じことを考えた。

そしてそれがシファーズだったとしたら、彼は、そこで何をしていたのだろう。

考えられることはそれほど多くはない。そして、蓋然性の高さから言えば、それは下見だったのではないかと、樋口は思った。

そして、塩崎もおそらくそう考えているに違いないと思った。

加羅夢はリスト作りを再開した。スマートフォンの連絡先などを見て、電話番号や住所を書き込んでいる。

「できました」

加羅夢が言った。

ツイッターで彼の書き込みをリツイートしたり、コメントをつけたりした人物の名前と連絡先のリストだ。

塩崎はそれを手に取調室を出て行った。一ヵ月前にはすでに、加羅夢とそっくりな人物が目撃されていたことを、管理官たちに報告するのだ。

樋口は加羅夢に尋ねた。

「他に何か思い出したことはありませんか？」

「そうですね……」

加羅夢はしばらく考え込んでいた。やがて、彼はかぶりを振って言った。

「いえ、特に思い出したことはありませんね」

「保護室に戻っていてください。何か変化があり次第、お知らせします」

「保護室なのに、鉄格子があるんですね」

「ええ。酔っ払いが暴れることもありますので……」

「僕の疑いは晴れたのですね？」

「私はそう思っています」

「それは刑事さん個人のお考えでしょう。警察全体としてはどうなんです？」

「疑いは晴れました。ご協力をお願いしたい。ただそれだけです」

「わかりました」

加羅夢は立ち上がった。係員に連れられて保護室に向かう。

彼も納得しているわけではないだろう。ここで警察に逆らっても無駄だと、諦めたに違いない。

樋口は彼らが廊下の角の向こうに消えると、指揮本部に向かった。

28

管理官席に戻ったのは、午後二時半頃のことだった。ふと、氏家は照美に電話をしただろうか、と思った。

氏家に電話をしようとして、思いとどまった。

今はそんなことを考えているときではない。テロ事件に集中すべきだ。

何かあれば、氏家のほうから電話があるはずだ。

それにしても、バックパッカーとは……。危険に対する認識が甘過ぎる。

海外でどれだけの人が犯罪の被害にあっているか、ちゃんと調べるといい。

報道されているのは、ごく一部だ。スリ、置き引きの被害は数え切れないくらいだ。強盗の被害もある。

性犯罪の被害者も少なくない。二泊や三泊の旅行では裁判を起こすこともできない。したがって、たいていの場合、性犯罪の被害者は泣き寝入りだ。

最近ではテロに巻き込まれる危険が増加している。

日本ほど安全な国はない。日本の常識は、海外では通用しない。

照美はそのへんのことをちゃんと認識しているのだろうか。樋口にはとても、理解しているようには思えなかった。

その日本でもテロが起きた。そしてまた、さらなるテロが起きようとしている。

そのテロを未然に防ぐことと、照美の身の安全を確保することは、樋口の中で決して無関係ではなかった。

牧田詠子の所在はまだわからない。戸倉の班と、浅井の特殊班が全力で行方を追っているはずだ。

午後二時五十分に、天童が言った。

「ちょっと、席を外す。ここを頼めるか？」

梅田管理官が応じた。

「ああいいよ。因幡かい？」

その口調はさりげなかったが、内容は衝撃的だった。

樋口は一瞬、梅田管理官が何を言ったのかわからなかったくらいだ。

さすがの天童も凍りついたように動きを止めた。

梅田管理官が天童に顔を向けた。相変わらずのんびりした口調で言う。

「因幡に会いに行くんだろう」

天童が、珍しくうろたえた様子で、梅田管理官に言った。

「何を言ってるんだ。因幡がどうしたって？」

樋口は、作業の手を止めていた。ちょうど、『ケインズの断崖』についての書き込みがあったという掲示板や、加羅夢のツイッターにリアクションした人たちについて、ＳＳＢＣに捜査を依頼するために書面にしていたところだった。

梅田管理官の表情をそっとうかがった。

彼は平然と天童に言葉を返した。

「昨夜……。正確に言うと本日未明のことだが、交替で仮眠を取ったとき、樋口君と二人で外出しただろう。そのときも、因幡と会ったんだろう？」

天童のこめかみが動いた。奥歯を嚙みしめているのだ。言葉もない様子だ。

樋口は何か言わなければならないと思った。だが、何を言っていいのかわからない。

梅田管理官が、さらに言った。

「だからね、隠し事はやめようと、何度も言ってるじゃないか」

天童が言った。

「たしかに会った。因幡はかつて俺の部下だった。会いたいと言われれば、会わずにはいられない」

梅田管理官は黙って天童の言葉を聞いている。天童は、一度ひな壇のほうを見て、声を落とした。

「しかし、因幡が海外のテロ組織と関係があるというのは誤解だ。彼はジャーナリストとしていろいろな人々と接触した。その中に、テロ組織の関係者がいただけのことだ」

梅田管理官が、相変わらず緊張感のない口調で言った。

「フランスのＤＧＳＥやドイツのＢＮＤなど、ヨーロッパの諜報機関から情報が入っているんだけどね……」

「自爆テロを起こした人物とベルギーで会っているところを、治安当局に撮影されたのだと言っていた。その人物は、因幡の情報源だったんだ」

樋口は助け船を出さなければならないと思い、言った。

「因幡は有効な情報を入手できるかもしれません」

「ちょっと待ってくれ……」

塩崎が戸惑った様子で言った。「天童さんとヒグっちゃんが因幡と接触していたって？　それって、いったいどういうことなんだ？」

梅田管理官は何も言わない。勝ち誇った気分でいるのだろうか。

因幡は、爆発事件が起きる直前に来日した。その点だけを取り上げても、充分に怪しいと言える。

だが、樋口は因幡の言葉を信じていた。そして、本番のテロを防ぐために因幡の情報チャンネルを利用したいという天童に従うことを決めたのだ。

樋口はさらに言った。

「因幡は利用できます。敵対すべきではありません」

梅田管理官が言った。

「だからね、言ってるだろう。隠し事はなしだって」

天童が言った。

「今、公安に、因幡を拘束させるわけにはいかない。やつは、身柄を拘束して尋問しても、何もしゃべらないだろう」

梅田管理官がかぶりを振って溜め息をついた。

「何度も言っているのに、どうして、私の言うことを信じてくれないんだろうね」

どういうことだろう。樋口は梅田管理官を見つめた。天童や塩崎も同様だった。

梅田管理官が言った。

「私ら、協力し合わなきゃならないんだろう？　だったら、すべての情報を共有しなきゃ。公安が因幡の身柄を拘束すると、どうして決めつけるんだ」

樋口と天童は、思わず顔を見合っていた。

天童が梅田管理官に視線を戻して言う。

「因幡はテロ組織の一味として手配されているのだろう？」

「手配されているなんて、誰が言った？」

「あんたが、指揮本部にやってきたときのことだ。因幡は国際テロ組織と関わりがあり、最近入国した情報がある、と……」

「たしかにそう言った。事実、我々はそういう情報をつかんでいたからね。だけど、私は、彼を手配しているとは一言も言ってないよ」

「公安なら当然、身柄を確保しようとするだろう」

「マークはするよ。他に接触の方法がなく、逃亡される恐れがあるのなら、検挙も考える。だが、天童さんが接触しているんだろう？　ならば検挙の必要はないじゃないか」

「公安は、片っ端から検挙して、徹底的に洗う。そう思っていたがな……」

「それ、六〇年代や七〇年代の過激派を相手にしていたときのことだろう。相手によるんだよ。私たちがほしいのは情報だ。因幡の身柄を確保したところで、やつがダンマリを決め込んだら元も子もないんだ。それなら、天童さんを通じて情報を吸い上げたほうがいい。それが私の判断だよ」

　天童が尋ねた。

「俺が因幡と連絡を取り合っていることを、どうして知ったんだ？　俺の携帯電話の盗聴でもしていたのか？」

「いくら何でも、そんなことはしない。柳瀬がね、接触の可能性があると言い出した。だから私は、二度にわたってカマをかけてみた」

「あんたが指揮本部にやってきたときと今の、二度ということか……」

「そう。私に言わせればね、しゃべりたがっているやつは、無理強いしなくてもしゃべるんだ」

「俺が因幡のことをしゃべりたがっていたと……？」

「少なくとも、迷っていただろう。私ら公安に話すべきかどうか……」

　天童は下を向いた。

「俺はまんまとあんたの罠にひっかかったというわけだ」

「だから、隠し事はなしだと言ったんだ」

やはり公安は油断ならないと、樋口は思っていた。

天童が言った。

「柳瀬は、どうして俺が因幡と接触すると考えたのだろうな」

「あんたは元上司だ。因幡が国際テロ組織に関係していようといまいと、あんたと連絡を取ることは充分に考えられる。もし、因幡が国際テロ組織の一員なら、日本の警察の動きを知りたがるだろうし、関係ないのなら、身の潔白を証明したいと思うだろう。私も柳瀬に言われて納得したよ」

「なるほどな……。因幡のこと、上に報告するのか？」

「そのつもりなら、とうにやっている」

「黙っているつもりか」

「それで有効な情報が得られるのならね」

「あいつの情報チャンネルは利用できると思う」

天童の言葉に、梅田管理官がうなずいた。

「ならば、やってくれ。時間はないぞ」

「わかった」

天童は、出入り口に向かった。

もし、梅田管理官が因幡の身柄確保にこだわったとしたら、それだけの人物だと、樋口は思ったろう。

だが彼は、因幡の身柄よりも因幡がもたらす情報を優先した。公安マンとしての凄みを感じた。

公安は情報でメシを食っていると言われる。そのことを今、初めて実感したと樋口は思った。

天童が指揮本部を出て行くと、塩崎が言った。

「たまげたなあ……。天童さんも思い切ったことをやる……」

樋口は言った。

「他に選択肢がなかったんだと思います」

「しかし……」

そこで塩崎は声を落とした。「へたをすると、俺たちもとばっちりを食うことになるな……」

「俺は、因幡のことを知った時点で腹をくくりましたよ」

「俺はそこまで思い切れんなあ……。できれば、知らずにいたかった」

二人の会話が耳に届いたらしく、梅田管理官が言った。

「腹をくくる必要はないよ。因幡と接触していたからといって、天童管理官が逮捕されることもなければ、処分されることもないだろう。天童さんは、犯罪に加担しているという確証を得た瞬間に、因幡を逮捕するはずだ。天童管理官が因幡と接触するのは正当な捜査だよ」

樋口は、その言葉に対して疑いを持たないことにした。公安と刑事は全面的に協力すべきだという梅田の主張は本音だと考えていい。樋口はそう判断した。

「管理官がそうおっしゃってくだされば、我々は安心です」

「当然だよ。仲間の足を引っぱってる場合じゃないんだ」

樋口は、ツイッターと掲示板関係の書類作りを再開した。すぐにＳＳＢＣに送らなければならない。

塩崎が梅田管理官に言った。

「シファーズについて、柳瀬たちから何か知らせはないんですか？」

「定時連絡が入るだけで、特別な動きはないね」

「事件当時のシファーズのアリバイを証言した、店の者が怪しいということになっていますが……」

梅田が余裕の声でこたえる。

「抜かりはないよ。店のことは洗っている。じきに何かわかるはずだ」

公安がすでに動いているということだ。

「へえ……」

塩崎が言った。

「なかなかやりますね」

「だから、刑事諸君もがんばってくれ。なんとか、牧田詠子の所在を突きとめてくれるものと、期待しているんだがね」

「任せてください。今、捜査一課の殺人犯二係と、特殊班が全力で行方を追っているんです。

じきに何かわかりますよ」

「それが、テロの前だといいんだがね」

その言葉に対して、塩崎は何もこたえなかった。

樋口は書類を作り終えて、ＳＳＢＣにメールで送った。警察ではいまだに、メールよりもファックスが好まれる。書類を処分しやすいからだ。メールだと、双方の端末にデータが残るし、サーバーにも残る。

機密を扱うことが多い警察では、そうしたデータ処分の煩雑さが嫌われるのだ。

電子署名や暗号化など、情報を守るための方法はいくらでもあるが、ファックスなら、送信側と受信側それぞれで紙をシュレッダーにかければ済むと思われている。

実はファックスマシンの中にもデータが残るのだが、そこまで気にする者はあまりいない。要するに印象の問題なのだと樋口は思う。

機密を盗もうと思えば、メールからだろうが、ファックスマシンからだろうが可能だ。だから、樋口はあまり気にせずにメールを使っている。

そうした上で樋口は、ＳＳＢＣに電話した。メールはあくまでデータを確認するためだ。

「ちょうどよかった」

ＳＳＢＣの担当者が電話の向こうで言った。

「防犯ビデオ解析のやり直し、できています。書面でお送りする前に、口頭でお知らせしましょう」

樋口は言った。

「お願いします」

「写っていた外国人風の人物ですが、酷似した人物が二名いると思われます」

「酷似した人物が二名……」

「ええ。そちらからの情報をもとに解析した結果、一名はムハンマド・シファーズ・サイード。もう一名は加羅夢・アブドル・ハキム」

「間違いないですね」

「はい。映像が不鮮明な上に、服装もよく似ていて、ぱっと見、見分けがつかないんですけど、詳しく解析すると着ているものも微妙に違うし、靴も違います。二人の身長も違います」

「二人の服装は？」

「黒っぽいジャンパーにジーパンです。ですが、中に着ているシャツの柄が違っていました。もし、そちらからの指摘がなければ、見逃していたでしょうね。それくらい、二人の人着《にんちゃく》は似ていました」

「わかりました。ありがとうございます。引き続き、ネット関係のこともよろしくお願いします」

「詳しいことは書面で送ります。では……」

電話が切れると樋口は、受話器を置き、今の話を梅田管理官と塩崎に伝えた。

話を聞き終えた塩崎が、眉間にしわを刻んで言う。

「あんたが言っていたとおりになったわけだ。しかし……」

「しかし、何ですか？」

「ビデオにシファーズと加羅夢の両方が写っているんじゃないかとあんたが言ったとき、俺はそんなことはあり得ないだろうと思ったんだ」

「なぜです？」

「服装だよ。いくら顔が似ているからといって、当日二人が同じ服を着ているはずがないと思ったんだ。だから、ビデオに写っていたのはどちらか一人なんじゃないかと思っていた。だけど、二人の服装が酷似していたんだって？　それって、偶然なのか？」

樋口はかぶりを振った。

「偶然ということはあり得ないでしょうね」

梅田管理官が言った。

「そう。ヒグっちゃんが言うとおり、偶然ではないだろうね。……あ、みんながヒグっちゃんと呼んでいるので、私もそう呼ぼうと思うが、いいかね？」

「もちろんです」

「ビデオに写ったシファーズと加羅夢の服装が似通っていたのは、シファーズたちの計画性を物語っていると思う」

塩崎がさらに険しい表情になる。

「それは、どういうことですか？」

「シファーズの仲間たちは、加羅夢の監視をしていたと考えられる。彼が普段、どういう恰好で外出するかを知っていたのだろう」

樋口は言った。

「そう言えば、彼は今日も、ビデオに写ったときも、同じ黒いジャンパーを着て、ジーパンをはいていました」

梅田管理官はうなずいた。

「この季節、必ずジャンパーとかジャケットとか上着を着ている。そして、それは男の場合、だいたい毎日同じものだ。犯人グループたちが、それと似通ったジャンパーを探し、犯行当日シファーズに着せたとしたら……」

「そうですね」

樋口は言った。「加羅夢に罪を着せようとしたら、それくらいの周到な計画が必要になります」

塩崎が言った。

「シファーズを再度引っぱるべきじゃないですか。そして、彼の職場の連中も」

塩崎の言葉に、梅田管理官は即座に首を振った。

「いや、泳がせて決定的な証拠をつかみたいと思っている。もしかしたら、牧田詠子が彼らと接触するかもしれない」

そこに、天童が戻って来た。午後三時半を少し過ぎている。

天童が自分の席の椅子に腰を下ろすと、樋口は、防犯ビデオの件を説明した。

樋口の報告が終わるのを待って、梅田管理官が天童に尋ねた。

「それで……？」

「国際戦線と牧田詠子の関係について探っていると言っていた」

「国際戦線？『聖戦のための国際戦線』のことか？」

「そう。知っているのか？」

「私はこれでも、公安の管理官なんでね」

塩崎が尋ねる。

「詳しく説明してもらえますか」

梅田管理官がこたえる。

「国際テロ組織の下部組織だ。長いので、自称するときや、海外のメディアは単に『国際戦線』と言っているようだ。因幡は、今回の爆発事件の実行犯は国際戦線だと言っているのか？」

天童がこたえた。

「彼は、国際戦線の動きを察知したので、急遽《きゅうきょ》来日したのだと思う」

「だが、入管や私ら公安の眼は節穴じゃない。国際戦線のメンバーが入国したら、すぐに私たちのアンテナにひっかかるはずだ」

天童が言った。

「因幡が言うには、スリーパーがいたらしい」

「スリーパーか……」

塩崎が言った。

「シファーズがスリーパーだったということですか？」

梅田管理官がこたえる。

「シファーズだけじゃないだろう。彼の職場『シンヨー自動車販売』の経営者や従業員もそうかもしれない。そして、牧田詠子も……」

樋口は言った。

「何かのきっかけでスリーパーたちが目覚め、計画を立てた。そして、実行した……。そのきっかけは、加羅夢のツイッターだったのかもしれませんね」

塩崎がうなずいた。

「メンバーの一人によく似た人物がいることがわかった。それを利用しない手はないと考えたのだろう」

「一ヵ月間、周到に計画したということですね。しかし、C4はいったいどこから手に入れたのでしょう」

梅田管理官が言った。

「海外のメンバーから送ってもらったんだろうな。C4は、金属探知機にもひっかからないし、麻薬じゃないから、空港で犬に嗅ぎつけられることもない」

樋口は言った。

「いずれも確かな物証がありませんね。シファーズの自宅や『シンヨー自動車販売』にガサをかけて、パソコン等を押収すれば、何か証拠がつかめるかもしれません」

梅田管理官が言った。

「最初に、シファーズの身柄を引っぱったときに、すでに『シンヨー自動車販売』の連中はデータをすべて消去しているだろうな。そして、シファーズは警察から自宅に戻ったときに消去しているはずだ」

樋口はさらに言った。

「そうでない可能性もあります。我々が加羅夢の身柄を拘束しているので、彼らは油断しているかもしれません」

梅田管理官はかぶりを振った。

「それでも方針は変えない。彼らは泳がせて監視する」

その口調は自信に満ちていた。テロリストの扱いなら任せておけと言っているようだ。

梅田管理官が天童に言った。

「今の話を、課長に報告する。いっしょに来てくれ」

「わかった」

梅田管理官は、とらえどころがなく、敵に回すとやっかいな存在だと、樋口は思っていた。

つまりそれは、味方にすれば頼りになるということだ。

天童が本気になって組めば、強力なタッグになるに違いない。

課長のところに報告に行った二人の姿を見ながら、樋口はそんなことを考えていた。
課長のすぐそばには、刑事・公安両部長や麴町署長もいる。
彼らも、天童・梅田の報告を聞いている。
二人の部長は、それぞれに何か発言した。互いに牽制《けんせい》しているように見える。
まさか、ここで部長たちが対立などしないだろうな。樋口はそれを心配した。
せっかく天童と梅田が歩み寄ったのだ。それを無駄にしたくはない。
そのとき、樋口の携帯電話が振動した。
氏家からだった。

29

「今だいじょうぶか？」

樋口は、ひな壇のほうをちらりと見た。二人の部長がまだ何やら話し合っている。

「少しならな」

そう言って樋口は電話を手に席を立ち、管理官席を離れた。

「照美ちゃんと電話で話した」

「それで……？」

「もうかなり具体的なことを考えているようだな」

「早くしないと手続きが間に合わないと言っていた」

「そのようだな」

「だから、早く話さなければならないと思っているんだが……」

「わかってるよ。だから俺が電話をしたんじゃないか」

「それで、照美を説得できそうなのか？」

「とにかく、事件が解決したら、直接あんたが話を聞いてやるんだ」

樋口は押し黙った。

それができれば、今すぐにしている。

「事件が解決するまで動けないんだ」

「テロ事件はどうなんだ？」

樋口は声を落とした。

「実行犯は絞られたと思う。だが、国内組織の全体像がつかめない」

「時間がかかりそうか？」

「時間をかけてはいられないんだ。犯人グループは第二のテロを計画しているはずだ。そして、おそらくそのテロが本命なんだ」

「大勢の死傷者が出るということだな」

「もしテロが起きたら、そういうことになるだろう。だから、絶対に阻止しなければならない」

「この世に絶対なんてことはないよ」

「それでも絶対に起こしてはならない。それが警察の役目なんだ」

「少年絡みの事件なら、いくらでも手伝ってやれるんだが、今回はさすがに俺の出番はないな」

「だから、照美のことを頼んでいる」

「話はしたよ。その上で俺は判断した。あんたが直接話をするしかない」

樋口は、小さく溜め息をついた。

無責任だと、氏家を責めることはできない。もともと樋口の頼みが無茶なのだ。

本来は、氏家が言うとおり、樋口自身が話をしなければならない。

それにしても、氏家がサジを投げたのだとしたら、諦めるのが早過ぎるのではないか。

あくまでも自分の責任だと思いつつも、樋口はそんなことも考えていた。

「わかった」

樋口は言った。「さっさと事件を解決して、照美と話をする」

「その意気だよ。じゃあな」

電話が切れた。樋口は管理官席に戻った。

そのとき、まだひな壇の前にいる天童と梅田管理官が同時に樋口たちのほうを見た。

そして、天童が言った。

「シオ、ヒグっちゃん。ちょっと来てくれ」

樋口と塩崎は顔を見合わせた。部長の呼び出しなど、たいていはろくなことではない。

二人は即座に立ち上がり、ひな壇の前に駆けつけた。

塩崎が天童に尋ねる。

「何でしょう？」

その質問にこたえたのは、刑事部長だった。

「防犯カメラに、二人の外国人らしい人物が写っていたらしいな」

塩崎は気をつけをしてこたえた。

「はい。でもそのうちの一人は日本人です」

部長に直接話しかけられたら、自分も思わず気をつけをしてしまうだろう。樋口はそんなことを思っていた。

「そいつの身柄は押さえているんだな？」

「はい」

「じゃあ、もう一人のほうも引っぱるべきだろう。そいつだけじゃない。そいつをかばって嘘の供述をした店の経営者や従業員もしょっぴけばいい」

塩崎はうろたえた表情で天童を見た。天童は何も言わない。

それに気づいた様子で、田端課長が言った。

「刑事部長は、早期解決のためには強硬手段もやむを得ないとおっしゃっているんだ」

「たしかに……」

天童が言った。「手をこまねいているときではないのですが……」

公安部長が言った。

「手をこまねいているわけではない。監視をしているんだ」

天童が頭を下げた。

「は、おっしゃるとおりではありますが……」

公安部長が続ける。

「今実行犯の容疑者にうかつに手を出すと、犯人グループの全容がつかめない。こういう場合は、泳がしておいて一網打尽にしないと……」

刑事部長が公安部長に言った。

「そんなことを言っていて、次のテロが起きたらどうするんだ。引っぱってきて吐かせればいいんだ」

公安部長がかぶりを振る。

「あんたらは確信犯の手強《てごわ》さを知らないんだ」

この場合の確信犯という言葉は、一般に使われているものとは若干ニュアンスが異なる。

普通は、犯罪性を確信しつつ罪を犯すことを言うが、司法関係者が言う確信犯は、政治的あるいは宗教的な信念を持って罪を犯す場合を指す。

政治活動家やカルト集団など、たしかに公安が扱う犯罪者は確信犯が多い。

刑事部長がむっとした調子で言う。

「刑事だって確信犯を相手にすることはある。公安だけが特別なわけじゃない」

「慣れの問題だよ」

樋口は戸惑い、そして苛立《いらだ》った。

現場で、公安と刑事が対立することは珍しくないと言われている。捜査のやり方が違うし、もともと目的としているところが違うので仕方がないことだ。

公安から刑事に、またその逆に異動することも珍しくはないので、ドラマや映画で描かれるほど仲が悪いわけではないが、時折意見がぶつかるのは確かだ。

現場が衝突するのを上が収めるというのが普通だ。今回は、現場が協力し合おうとしているのに、トップが対立している。

部長の衝突を収められるとしたら警視総監しかいない。どうしたものか。

樋口は二人を眺めていた。

そのとき、田端課長が言った。

「今行方を追っている牧田詠子を発見したら、すぐに身柄を引っぱります」

二人の部長が、田端課長のほうを見た。

課長はさらに続けて言った。

「そして、シファーズとその職場の連中は泳がせて様子を見る。そういうことでどうでしょう」

折衷案ということだろうか。

この緊急時に双方が妥協するような対応でいいのだろうか。

樋口はそう思った。

だが、田端課長がそんなことをするはずもない。何か考えがあってのことだろう。

公安部長が言った。

「シファーズの陣営を監視できれば問題はないと思うが……」

梅田管理官がそれを受けて言った。

「牧田詠子の身柄を取ったときに、シファーズたちがどういう反応を示すか、ですね」

「いいじゃないか」

刑事部長が言う。「プレッシャーをかければ、ボロを出すかもしれない」

公安部長が顔をしかめる。

「訓練を受けたテロリストは、そう簡単にはいかない」

「訓練なら、警察のほうが上だ」

「そうとも限らない。海外の場合、軍隊経験者がインストラクターになったりする。しかも、中東あたりの軍人なら、たいていは実戦の経験者だ。手強いぞ」

おそらく因幡なら、そのあたりの事情にも通じているはずだ。

樋口はそう思った。

天童は因幡には利用価値があると考えている。梅田もそれに同意した。

ならば、もっと因幡を活用すべきではないか。

だが、そう簡単にはいかない。梅田管理官が、天童との接触を容認したとはいえ、因幡はいまだにテロ組織の一員ではないかと疑われている。

国際テロを担当する部署の連中は今でも因幡の身柄を押さえようとしているに違いない。

そして、もしそうなったら、因幡は一言も口をきかないだろう。

刑事部長は、田端捜査一課長に尋ねた。

「それについてはどう思う？」

「牧田詠子の身柄を取ったときの、シファーズたちの反応についてですか？　そりゃあ、やってみなければわかりませんね」

「やってみる価値はあるということだな？」

「そうですね」

それに対して公安部長が言った。

「それはあまりに無茶じゃないか。最悪の場合、取り返しがつかないことになるぞ」

刑事部長が顔をしかめる。

「もちろんわかってるさ。次のテロが起きて、大勢の死傷者が出るというんだろう？」

「そうだ」

そう言ってうなずいた公安部長に、梅田管理官が言った。

「ご心配には及びません。公安の精鋭がシファーズと彼の職場を監視しています。何か変化があればすぐに対応します」

「現場の指揮を執っているのはエース級だということか？」

「はい。エースの柳瀬が仕切っています」

公安部長はその一言で何も言わなくなった。

刑事部長が驚いたような顔で言った。

「なんだ……。その柳瀬という男は優秀なのか？」

「優秀だ」

公安部長が言った。「私がゼロに送ったんだ」

刑事部長は、公安部長の言葉に関心を示した様子だった。

「公安部長じきじきに、か……」

「私が見込んで、組対部から公安に引っぱって育てたんだ。柳瀬に任せておけば間違いない」

たしかに柳瀬は切れ者のようだ。

樋口はそう思った。

彼は、天童が因幡と接触していると推理した。

梅田管理官同様に、敵に回すと面倒だが、味方にすると頼もしいやつに違いない。

「わかった」

刑事部長が言った。「じゃあ、シファーズのほうはその柳瀬に任せようじゃないか。その代わり、牧田詠子は見つけ次第引っぱる。それでいいな？」

公安部長がうなずいた。

「それでいい」

刑事部長は田端課長に尋ねた。

「牧田詠子の行方はまだわからないのか？」

「不明です。かなり人員を割いているのですが……。ＳＩＴまで投入しているんです」

「すでに国外に逃亡しているということはないのか？」

「それについては、現場の者から報告してもらったほうがいいでしょう」

田端課長はそう言って、天童の顔を見た。管理官は、捜査幹部ではなく、どちらかというと、現場の側だ。

　天童が言った。

「犯人グループは次のテロを計画している模様です。昨日の爆発は、言わば前哨戦で、次が本命のはずです。そのために、牧田詠子はまだやるべきことが残っているはずです。我々は彼女がまだ国内にとどまっているだろうと考えています」

　刑事部長が詰問する。

「国内にいるなら、なぜ見つからない。人員を割き、ＳＩＴまで投入しているんだろう？」

「必ず見つけます」

「意気込みだけじゃどうにもならん。彼女がどこにいるのか、見当もつかんというのか？」

「自宅にはいません。職場にも出ていないということです」

　刑事部長は苛立った様子で言った。

「何か手がかりはないのか？　君らは何か情報を持っていないのか？」

　刑事部長が、樋口と塩崎を見た。

　まず塩崎がこたえた。

「残念ながらまだ、有力な情報はありません」

　刑事部長が樋口に言った。

「君はどうだ？」

「私もまだ有力な情報を手に入れたわけではないのですが……」

「何だ？」

「消去法で推理することはできると思います」

「消去法……？」

「自宅にはいません。立ち寄りそうな場所はすでに捜査員が調べているはずです。主だった駅や空港には名前と顔写真が回っています。それでも彼女は見つからない。それらを消去した結果、私は牧田詠子が大学構内に潜んでいるのではないかと考えています」

この言葉に、二人の管理官と塩崎が驚いた顔を向けてきた。

樋口は、管理官席ではそんなことは一言も言わなかったからだ。

刑事部長が眉をひそめた。

「しかし、職場はすでに捜査員が行って調べたはずだ。その結果、出勤していなかったことがわかったんだろう？」

樋口はこたえた。

「図書館には出勤していません。しかし、大学構内はいくらでも潜伏する場所があります。どこかに隠れているのかもしれません。捜査員は、構内を捜索してはいないはずです」

樋口の言葉に、田端課長がうなずいて言った。

「大学はなかなか面倒なところだからな。憲法二三条で学問の自由が保障されており、したがって大学も自治権があると考えられている」

それを聞いて刑事部長が言った。

「大学だって治外法権じゃないんだ。捜索できるだろう。テロリストの捜査なんだぞ」

田端課長がこたえる。

「もちろん令状のある捜査を、大学が拒否することはできません」

「ならばすぐに令状を取って、大学構内を徹底的に捜索しろ」

「わかりました。至急手配します」

「SSBCからの詳報は?」

天童が連絡係に確認すると、すでにファックスで届いているということだった。

それを聞いて、刑事部長が言った。

「令状を取るのに証拠が必要だろう。そのSSBCの詳報を使ってくれ」

「了解しました」

「では、すぐにかかれ」

二人の管理官と、二人の係長は管理官席に戻った。

30

塩崎が言った。

「牧田詠子が大学構内にいるかもしれない、だって？　たまげたな。そんな話をどこから聞いたんだ？」

「聞いたわけじゃありません。部長に質問されて、苦し紛れに思いつきで言ったんです」

塩崎があきれた顔になった。

「あんた、やっぱりいい度胸してるよ」

俺に度胸などあるわけがない。樋口はそう思った。

天童が言った。

「しかし、思いつきにせよ、可能性は高いように思う。牧田詠子は、大学構内には詳しいだろう」

樋口は言った。

「私も、いいかげんなことを言ったわけではありません。充分にあり得ることだと思います。捜査員は職場を調べたということですが、それは図書館だけのことでしょう？」

「そう。田端課長が言ったとおり、大学構内は令状がなければ警察官が勝手に捜査をするわけにはいかない」

塩崎が言う。

「田端課長が令状を申請してくれるというんだから、その点はだいじょうぶだろう。問題は、人手だな。大学構内を隈なく捜すとなれば、大量に人手が必要だ」

梅田管理官が言った。

「公安の連中を使ってくれ。公機捜を中心とした公安捜査員が大勢いる」

樋口は、捜査員席に陣取っている黒スーツの集団に眼をやって言った。

「でも、彼らは公安部長が呼び寄せたんじゃないんですか？」

「使うために集めたんだろう。だから何の問題もない」

天童が梅田に言った。

「わかった。使わせてもらおう」

梅田がうなずいた。

樋口は天童に言った。

「私も現場に出ましょう。三係の連中に細かく指示を出すことができます。ここはシオさんがいれば充分でしょう」

塩崎が言った。

「おい、あんたも戸倉も外に出て、俺だけここに縛りつけられるってのか」

「いえ、そういうわけでは……」

「冗談だよ。ここは引き受けた」

樋口は天童に言った。

「大学のほうに行っていいですね？」

天童はかぶりを振った。

「いや、ヒグっちゃんには、他にやってもらいたいことがある」

「何でしょう？」

「俺はここを離れることができない。だから、俺の代わりに因幡に会ってほしい」

樋口は驚いた。

樋口が何を言うべきか考えていると、梅田管理官が言った。

「ヒグっちゃんがリエゾンをやってくれるのなら心強い」

リエゾンというのは、諜報活動の用語で連絡員のことだ。

通常は、友好国や友軍との連絡を取る要員のことを言うようだ。

この場でこういう言葉を使うところがいかにも公安らしいと、樋口は思った。

天童がさらに言った。

「ヒグっちゃんは、因幡が警視庁にいる頃から面識があったし、どうやらあいつから信用されているようだ」

「いや、信用されているかどうかはわかりません」

「間違いないよ」

そう言われて、樋口は考えた。

もし信用されていないのだとしたら、天童とともに会いに行ったとき、姿を見せなかっただろう。

因幡はホテルに近づく樋口たちを尾行していた。

それでも彼は姿を現した。そして、樋口を車に乗せて話をした。

天童の発言の根拠はそこにあるのだろう。

樋口は言った。

「とにかく、会ってくれるかどうか、連絡を取ってみましょう」

天童が言った。

「まず、俺が電話してみる。そして、ヒグっちゃんと連絡を取り合うように話してみよう」

「課長には、因幡のことを伝えなくていいでしょうか」

樋口が言うと、梅田がこたえた。

「情報提供者のことを、いちいち報告しなくてもいいだろう」

樋口はこの言葉に驚いた。

「ただの情報提供者ではないでしょう。それに、因幡が『聖戦のための国際戦線』のメンバーである可能性は否定しきれないのではないかと思います」

「そのときは、検挙するまでだ。いいかね。彼と接触しろというのは、そのことも踏まえてのことだ」

「つまり、情報を得るだけでなく、監視もするのだ、と……」

「当然じゃないか。それがインテリジェンスというものだ」

樋口はうなずいた。

「わかりました」

天童が携帯電話を取り出して言った。

「では、すぐに電話してみよう」

天童が席を立ち、離れた場所で電話をかける。

電話がつながったようだ。天童は声をひそめて、何事か話をしている。

しばらく相手の話に耳を傾けてから、電話を切った。

天童が席に戻って来ると梅田が尋ねた。

「どういう反応だ？」

「なぜ連絡係をヒグっちゃんに押しつけるのか疑問に思っている様子だった」

「警戒しているんだろう」

「俺は管理官なので、指揮本部を離れることができないと説明すると、ヒグっちゃんと連絡を取り合うことを了承した」

「納得したわけじゃないだろうが、とにかく交渉は成立だな」

「ヒグっちゃんに、因幡が今使っているケータイの電話番号を教えよう。すぐに連絡を取ってみてくれ」

樋口はこたえた。

「了解しました」

そして、言われたとおり、教えてもらった番号に電話してみた。

呼び出し音五回で電話がつながった。相手は何も言わない。

樋口は言った。

「因幡か？　樋口だ？」

ややあって押し殺した声が聞こえてきた。

「これから連絡係をやってくれるそうだな。よろしく」

因幡の声には、その言葉の内容に反して、警戒心が滲《にじ》んでいた。

樋口は言った。

「さっそく牧田詠子について、情報交換をしたいのだが……」

「天童さんは指揮本部を離れられないと言っていたが、あんたはどうなんだ？」

「自由に動ける」

「では、会って話をしよう。あんたの電話が盗聴されていることも考えられる」

「それはない。あんたは情報提供者なんだ」

「こちらから連絡する。それまで待ってもらう」

「待て。そんな余裕はないんだ。いつ次のテロがあるかわからない。我々はそれを防がなければならない」

「目的はいっしょだ。心配するな」

電話が切れた。

梅田管理官が樋口に尋ねた。

「どんな様子だ？」

「この電話が盗聴されているかもしれないと言っていました」

「まあ、当然の気配りだな。それから……？」

「会って話がしたいと言っていました。向こうから連絡するとも言っていました」

「おそらく、逆探知されていると考えているのだろうな。一ヵ所にとどまりたくないんだ。固定電話の時代と違って、携帯電話はすぐに逆探知が可能だからな」

「こちらには余裕がないことを伝えると、目的は同じだから心配するなと言いました」

梅田管理官が言った。

「その言葉を信じたいものだな。ヒグっちゃんが因幡と会いに行くときには、監視を付けることにしよう」

それに対して天童が言った。

「その必要はないだろう。ヒグっちゃんは情報交換に行くだけだ」

「万が一、因幡が国際戦線のメンバーだったらどうする。我々公安はその万が一にそなえなければならないんだ」

「それは刑事だって同じだ。だが、監視の必要はない。ヒグっちゃんに任せておけばいいんだ」

正直に言って、因幡のことを一人で背負うのは荷が重い。だが、その思いを口に出すことはできない。

梅田管理官はかぶりを振った。

「そこは譲れない。ヒグっちゃんの身を守ることにもなる」

「身を守るだって？」

「そうだ。因幡が安全な人物とは限らないんだ」

そんなことは考えてもいなかった。実際に会ったときには危険な感じなどまったくしなかった。

自分の身の危険について何か言える場合ではないと思い、樋口は黙っていた。

天童がさらに言った。

「因幡は警戒しているんだ。監視されていることがばれたら貴重な情報を得ることができなくなる」

「それは任せてもらおう。監視がばれるようなヘマはしない」

「因幡は警察官の訓練を受けているし、海外で修羅場をくぐっている。簡単にはいかんぞ」

「こっちも精鋭中の精鋭を使うよ。柳瀬にやらせよう」

「シファーズの監視はどうする」

「公安部長が、人手をかき集めたんだ。彼らにやらせればいい」

樋口は尋ねた。

「その後、シファーズの様子はどうなんです？」

「相変わらず特別な動きはない」

塩崎が言う。

「やはり、監視されていることを知っていて、おとなしくしているということですかね……」

天童がうなずいた。

「それも充分に考えられるな」

梅田管理官が言った。

「いずれにしろ、柳瀬と佐藤はシファーズの監視から外して、ヒグっちゃんのバックアップに付ける」

樋口は言った。

「バックアップというより、監視でしょう？」

「言ってるだろう。あんたの身の安全も考慮してのことだって」

天童が梅田管理官に言った。

「柳瀬たちに監視をさせるなら早く手配をしてくれ。因幡からいつ連絡があるかわからないんだ」

梅田管理官が余裕の表情で言った。

「心配しなくていい。手配ならすぐに済む」

そして梅田管理官は、捜査員席にいる黒いスーツの男たちのほうに向かって手を上げた。

すぐに一人の男が近づいてきた。その男に、梅田管理官が言った。

「シファーズの監視要員を交替する。柳瀬たちをローテーションから外すんだ。交替したら連絡しろと、柳瀬に伝えろ」

「了解しました」

彼はすぐに捜査員席に戻った。

それから五分後に、梅田管理官のもとに電話があった。

梅田管理官は言った。

「こちらに来て、因幡の監視に回ってくれ……。ああ、そうだ。樋口係長が連絡役をやることになった。……そう、樋口係長に張り付いていればいい」

電話を切ると、梅田管理官は樋口を見て言った。

「手配は済んだ」

樋口は言った。

「公安にずっと張られるというのは、気持ちのいいものではありませんね」

「刑事に張り込まれるのだって同じようなものだ」

そうなのだろうか。

樋口はこれまで張り込まれる立場になって考えたことなどなかった。

たしかに刑事に張り込まれるのは緊張するだろう。だが、実は張り込みをやっている刑事たちも緊張しているのだ。

天童が言った。

「連絡があったらすぐに会いに行けるように準備しておいてくれ」

樋口はこたえた。

「了解しました」

31

因幡からの連絡はなく、ただ時間が過ぎていった。

すでに、大学構内で牧田詠子の捜索も始まっているはずだが、発見の知らせはまだない。シファーズたちの動きもないようだ。

あせりは禁物だと、樋口は自分に言い聞かせるしかなかった。

午後五時頃、刑事部長と公安部長が席を立った。いつもどおり、全員起立で送り出す。

「やれやれ……」

梅田管理官が言った。「言いたいことだけ言って帰っていったな……」

塩崎がにっと笑って言った。

「声が大きいですよ」

梅田管理官は平気な顔だ。

「みんなが思っていることだから平気だよ」

「課長に聞かれても、ですか?」

「田端課長が一番の被害者だろう」

天童が言う。

「捜査本部や指揮本部は、本来は部長が陣頭指揮を執ることになっているからな……」

「だけど、実際に本部に常駐できる部長なんていない。だったらせめて口を出さないでほしいな」

天童が尋ねる。

「それは刑事部長のことを言ってるのか？」

「両方だよ」

そのとき、電話を受けた連絡係の声が響いた。

「なに……。牧田詠子を発見した？」

指揮本部にいた者のほとんどが、電話を受けた連絡係に注目した。

「場所は？……大学構内、クラブハウス内？　身柄は？……了解」

連絡係が電話を切ると、田端課長がすぐに尋ねた。

「牧田詠子、確保か？」

「いえ、確保はまだです。所在確認です。大学構内の、部活の部室が入っている棟、通称クラブハウス内で所在を確認しました。爆発物等を所持していないか観察しています」

管理官二人がすぐさま課長のそばに駆けていった。

樋口と塩崎もそれを追った。

梅田管理官が連絡係に向かって言った。

「そんなもん、観察したってわかるもんか。すぐに確保だ」

天童が言う。

「大学内の施設となると、周囲にたくさん人がいるだろう。万が一爆発物を所持していて、それが爆発したら甚大な被害が出る」

「だからって何もせずにいたらまんまと逃げられてしまう。今確保すべきだ」

天童が田端課長の顔を見た。

田端課長が天童に尋ねた。

「こういうときは特殊班だ。浅井係長はどこにいる?」

「大学構内にいるはずです」

「すぐに連絡を取って伝えろ。確保に向けて、状況判断しろ、と」

天童は確認した。

「危険がないと判断したら、すみやかに確保しろ、ということですか」

「そうだ」

天童は管理官席に駆け戻り、机上の固定電話に手を伸ばした。

田端課長が梅田管理官に言った。

「牧田詠子の身柄を確保したら、シファーズの周辺に動きがあるかもしれない。注意してくれ」

「はい。お任せください」

いつの間にか、指揮本部内にいる黒服の公安捜査員たちの姿がずいぶん減っているのに、樋口は気づいた。

彼らはそれぞれの持ち場に散って任務を果たしているのだろう。

牧田詠子の身柄確保にそなえて大学に向かった者もいるだろうし、シファーズたちの監視にも人員が割かれているはずだ。

天童が課長のもとに戻って来て言った。

「浅井係長に、ご指示を伝えました。すでに特殊班は、牧田詠子を目視して包囲しているらしいです」

「いつでも確保できる、ということだな?」

「どうやら、牧田詠子はクラブハウス内の部室の一つに潜伏している様子です。捜査員たちは窓から彼女の姿を確認し、浅井係長たちはその部屋を包囲しているということらしいです」

田端課長は難しい顔をした。

「へたをすれば立てこもり事件に発展しかねないな……」

大学構内の施設に立てこもったとなれば、事態は一気に悪化する。

天童も塩崎も、田端課長同様に渋面だ。

そのとき、梅田管理官が言った。

「すぐに突入すべきです」

田端課長が驚いた顔で梅田管理官の顔を見た。

「相手はテロリストだぞ。うかつなことはできない」

「牧田詠子はまだ、自分が包囲されていることに気づいていないはずです。確保するなら今です」

「しかし、武器や最悪の場合爆発物を所持している可能性もある」

「それらを使用する暇を与えないで確保するんです。刑事部が誇る特殊班なんでしょう？　実力を見せてもらおうじゃないですか」

田端課長は低くうなって考え込んだ。

難しい判断を迫られている。自分ならどうするだろう。樋口は自問したが、わからなかった。

田端課長が迷っている時間はごく短かった。顔を上げると、きっぱりと言った。

「確保だ。突入しろと、浅井係長に伝えろ」

「はい」

天童が再び管理官席に走る。

樋口たちも管理官席に戻った。

天童が特殊班の浅井係長と連絡を取ってから、指揮本部内の庶務を担当している係員たちに命じた。

「浅井から固定電話に連絡があるから、それをスピーカーにつなげ」

誘拐事件などの指揮本部でよく見られる光景だ。すぐさまその措置が取られた。

あとは知らせを待つしかない。

どんなに気が急《せ》いても何もできない。こういうときはむしろ現場にいるほうが楽だと、樋口は思う。

電話のベルが鳴った。

連絡係ではなく、天童が直接受話器を取った。

「はい、指揮本部」

その声がスピーカーから流れる。

捜査員たちがスピーカーのそばに駆け寄る。

「特殊班・浅井です。牧田詠子の身柄を確保。繰り返します。牧田詠子の身柄を確保しました」

指揮本部内に、捜査員たちの「ほう」っという溜め息が洩れた。

天童が言う。

「ご苦労だった」

「身柄を、麴町署に運びます」

「そうしてくれ」

電話を切ると、天童が樋口に言った。

「結局、ヒグっちゃんの言うとおりだったたな。牧田詠子は大学内に潜んでいた」

梅田管理官が言う。

「本当だ。たいした読みだな。刑事の面目躍如というところだな」

こういうことを言われると、どうしていいかわからなくなる。

樋口は、ただ「はあ」とだけ言った。

蓋然性はあると思っていたが、もともとは思いつきで言ったことだ。それがたまたま当たっただけだ。いい気になるわけにはいかないと、樋口は思った。

田端課長の声が響く。

「まだ終わったわけじゃない。捜査はこれからだぞ。牧田詠子の身柄が到着したら、すぐに取り調べを始めて、なんとしてもテロ組織の手がかりを吐かせるんだ」

その指示を受けて、天童が言う。

「浅井が牧田詠子の身柄を運んでくるだろう。シオと浅井の二人で取り調べを担当してくれるか」

塩崎がうなずく。

「わかりました」

それから天童は、樋口に言った。

「ヒグっちゃんは、因幡からの連絡を待ってくれ」

「了解しました」

梅田管理官が携帯電話で誰かと話をしていた。電話を切ると、彼は言った。

「シファーズの周囲には変化はない。まだ、牧田詠子が捕まったという知らせが届いていないのかもしれない」

天童が尋ねた。

「牧田詠子は、大学のクラブハウスに潜伏しているときに、シファーズらと連絡を取っていただろうか」

「当然取っていたはずだ」

梅田管理官がこたえる。

「計画の今後について相談しなければならないからな」

「牧田の身柄拘束で、計画はどう動くかな……」

「少なくとも、断念することはないだろうな。むしろ計画を急ごうとするんじゃないだろうか」

そのとき、樋口の携帯電話が振動した。因幡からだった。樋口は即座に電話に出た。

「樋口だ」

そうこたえると、電話の向こうで、因幡が言った。

「午後六時に、六本木交差点。銀行の前だ」

「わかった」

電話を切ると、樋口はすぐに出かける用意をした。

天童が尋ねる。

「呼び出しか?」

「六本木交差点に、午後六時です」

それを聞いた梅田管理官がすぐに携帯電話で誰かにかけた。おそらく相手は柳瀬だろうと、樋口は思った。

「では、行ってきます」

まさに樋口が出かけようとしたとき、連絡係がやってきて、天童に告げた。

「ＳＳＢＣから解析結果が届いています」

天童が尋ねた。

「映像解析の詳報だな」

「それと、加羅夢のツイッターに対するリアクションの解析結果です」

「人物が特定できたのか？」

「所在を確認中です」

天童が樋口に言った。

「結果を見ていくか？」

樋口は時計を見て言った。

「指定の時間に遅れるわけにはいきません。ＳＳＢＣの解析結果についてはお任せします」

「了解した」

樋口は、麴町署をあとにした。

32

五時五十五分に、約束の場所に着いた。そこは交番のすぐ近くだった。

どうして因幡は、こんな場所を指定したのだろう。

樋口は訝しく思っていた。

すぐそばにタクシーが停車した。後部ドアが開き、そこから因幡が顔を出した。

「乗ってくれ」

樋口は躊躇なくタクシーに乗り込んだ。そのままタクシーは溜池方面に向けて走る。真っ直ぐ行けば警視庁だ。

だが、タクシーは溜池の交差点を左折して赤坂見附方面に進んだ。

因幡は何も言わない。樋口も黙っていた。運転手に話を聞かれるので、うかつなことは話せない。

やがて、タクシーは赤坂見附交差点を左折し、渋谷方面に向かった。明らかに回り道をしている。尾行を警戒しているのだろう。

タクシーは渋谷駅の手前にあるレンタカーショップの前で停まった。

「降りるんだ」

因幡が言った。タクシー代は因幡が支払った。

タクシーを降りると因幡は言った。

「レンタカーを借りてきてくれ。車種は何でもいい。俺はここで待っている」

樋口は戸惑った。

「俺にレンタカーを借りろというのか……」

「そうだ。早くしたほうがお互いのためだと思うが……」

ここは言われるとおりにするしかないと思った。レンタカーを借りるには、手続きや説明などでそれなりに時間がかかる。

結局、樋口が車を出せたのは二十分後だった。歩道で待っている因幡の前で車を停めた。

因幡が言った。

「ワゴン車というのはいい選択だ。じゃあ、運転席を降りて助手席に回ってもらおう」

樋口が降りるとすぐに因幡が運転席に座った。樋口が助手席に乗り込むのを待って、因幡は車を出した。

「何もこんな手間をかける必要はないんだ」

樋口は言った。「公安とは話がついた。身柄は拘束しない。あんたはあくまでも協力者なんだ」

因幡がかすかに笑った。

「それなのに尾行をするのか？　ずっとつけてくるシルバーメタリックのセダンは公安だろう」

因幡に言われて樋口は振り向いてリアウインドウを見た。

「素人じゃあるまいし……」

因幡が言った。「ミラーを使ってさりげなく後方を見る、とかできないのか。警視庁にいる頃、樋口さんはもっとやり手だと感じていたがな……」

樋口は後方を見やりながら言った。

「それはあんたのレベルが低かったからだろう。今はおそらくそちらのほうがいろいろな経験をしている」

因幡が言ったとおり、シルバーメタリックの小型セダンが後ろにいた。

樋口は、柳瀬たちがどんな車に乗っているか知らない。運転席と助手席に誰か乗っているのはわかるが、人相まではわからない。

捜査本部に電話をすればすぐに確認できるが、それをする必要はないと樋口は思った。

「公安では、俺の身の安全を確保するために監視するのだと言っている」

正面に向き直り樋口がそう言うと、因幡が再び笑みを浮かべた。

「その判断は正しいかもしれない」

「俺は危険だとは思っていない。ただ、情報を交換するだけだ」

樋口はそう言ってから、因幡の反応を確かめていた。向こうが自分を信用しているかどうかわからない。そして、こちらが向こうを信用していいのかどうかも、まだわからないのだ。

「それで、そちらからの情報は？」

「牧田詠子の身柄を確保した」

「それはお手柄だな。いつのことだ？」

「つい先ほどだ」

車は渋谷警察前の交差点を左折して六本木通りを都心に向かって走り出した。

どこか目的地があって走っているわけではなさそうだ。車の中で自分と話をするのが目的なのだろうと、樋口は考えた。

「バングラデシュ人はどうした？」

因幡がルームミラーをちらりと見てから尋ねた。

「実は、そっくりのパキスタン人が防犯カメラに写っていた」

「パキスタン人……？」

「バングラデシュ人の名前は加羅夢、パキスタン人のほうはシファーズだ。二人は顔も似ているし、服装もそっくりだった。その二人が防犯カメラに写っていた。そして、爆発の直前に、加羅夢と牧田詠子が接触していた」

「それは、どういうことなんだ？」

「我々は、シファーズが実行犯だと考えている。加羅夢は、それをカムフラージュするために利用されたんだ」

「そのために牧田詠子が加羅夢というバングラデシュ人に接触したということか？」

「周到に計画されたことだ。一ヵ月ほど前に、加羅夢は自分とそっくりの人がいるらしいとツイッターでつぶやいた。それがきっかけだ」

「なるほど……。シファーズの影武者というわけか」

「……というより、罪を着せられたということだろうな」

車は、渋谷二丁目を右折して並木橋のほうに向かった。さらに並木橋を左折し、明治通りを広尾方向に進んだ。

目まぐるしく方向を変えている。シルバーメタリックのセダンを振り切る機会をうかがっているのだ。

樋口は言った。

「公安はあんたの身柄を取ろうとしているわけじゃない。まく必要はない」

「そっちにはなくても、こちらにはあるんだ」

樋口は、その口調がふと気になった。

因幡の表情を横目で観察しつつ、樋口は言った。

「そちらからの情報を聞こうか」

「牧田詠子は間違いなく国際戦線と関係がある」

「確かな情報だろうな」

「確かだ。彼女は、イランのＶＥＶＡＫにもマークされていた」

「ヴェヴァック……？」

「情報省。イランの諜報機関だよ」

「国際戦線のメンバーなのか？」

「戦闘員ではない。後方支援担当だな」

「彼女がスリーパーなのか？」

「そう。彼女もスリーパーだ」

「彼女も……？」

「あんたらが実行犯だと言っている、パキスタン人のシファーズもスリーパーだったに違いない」

「そうだ。シファーズに関する情報はないのか？」

「警察がきっと突きとめてくれると思っていたのでな」

因幡がまた車の方向を変えた。天現寺橋の交差点を左折して、西麻布に向かったのだ。

信号が赤に変わってから左折したので、車を一台はさんで後方にいたシルバーメタリック車は信号を曲がりきれなかった。車を振り切った恰好になった。

樋口の電話が振動した。

「天童さんからだ。出ていいか？」

「もちろんだ」

樋口は電話に出た。

「はい、樋口」

「尾行をまいたようだな」

「公安につけられるのが嫌なようです。牧田詠子は、間違いなく国際戦線のメンバーだという情報を得ました」

「物証はないんだろうな……」

「イランの諜報機関が彼女をマークしていたということです」

因幡が助け船を出す。

「VEVAKという組織だ」

樋口は、それをそのまま天童に伝えた。

「わかった。それから、加羅夢のツイッターにリアクションした五人の中の一人が牧田詠子だということが判明した。今の情報も含めて、彼女にぶつけてみる」

「了解」

「それで、今どこにいるんだ？」

「西麻布交差点付近です」

「わかった。携帯電話の電源を切らずにいてくれ。いざというときは、ヒグっちゃんの携帯をトレースする」

いざというとき、という言い方が気になった。

「了解しました」

電話が切れた。携帯電話をポケットにしまいながら、樋口は因幡に言った。

「わかっただろう。尾行をまいてもすぐに指揮本部から連絡があるから無駄なことだ」

「それでもしばらくは、監視の眼を逃れることができる」

「これ以上情報がないのなら、麹町署の前で停めてくれ」

「そうだな……」

それからしばらく、因幡は無言で考え込んでいた。樋口は、妙な不安を覚えて再び言った。

「用事は終わった。車を停めるんだ」

因幡がこたえた。

「まあ、そう急ぐことはないだろう」

「急ぐことはない、だって？　冗談じゃない。いつ次のテロが起きるかわからないんだろう？」

「捜査は、天童さんや公安が進めてくれる。少し話をするくらいの時間はあるだろう」

「何の話をしようというんだ？」

「何の話でもいい。あんた、家族はいるのか？」

樋口はふと、娘の照美のことを思い出していた。

「妻と娘がいる」

樋口は因幡の問いにこたえて言った。「あんたは？」

因幡は、ハンドルを持ったまま肩をすくめた。西洋人のような仕草だった。

たぶん、家族などいないという意味だろう。因幡がどういう生活をしているのか、樋口は知らない。

だが、海外を放浪した後に、自称ジャーナリストとして危険な地域で活動していることを考えると、とても家族など持てる状況ではないことは想像できる。

照美のことを思い出すと、むくむくと好奇心が頭をもたげてきた。

「どうして日本を出て、海外を放浪しようと思ったんだ？」

「どうしても日本にいたくなかった。それだけのことだ。他に選択肢がなかった」

「どんなところを歩き回ったんだ？」

「東南アジアから南アジア、そして中東……。トルコからバルカン半島に入った。そして、ヨーロッパを横断してスペインからモロッコに渡った。それが最初の旅だった」

「中東にバルカン半島……。危険なところばかり歩いているような気がするな」

「危険に遭遇して死ぬなら、それもいいと考えていた」

「死ぬのが恐ろしくなかったということか？」

「若かったし、おそらく自棄《やけ》になっていたのだと思う。俺は警察官として正義を行ったつもりだった。それが違法だと決めつけられた」

「捜査は慎重にやらなければならないという戒めだ」

「いや、法律は守らなくてもいいやつの人権までも守ろうとする」

「すべての人間の人権が尊重されるべきだと思う」

「きれい事じゃ生きていけない。紛争地帯では、人間はぼろ雑巾のようになって簡単に死んでしまう。相手を殺さなければ自分が生き残れない。そういう世界もある」

「さぞかし、危険な目にあったのだろうな」

因幡は凄みのある笑みを浮かべた。

「ところがそうでもない」

「そうでもない……？」

「殺されるんじゃないかと思ったような危機は、ほんの二、三回しかなかった」

「それだけあれば充分だと思う」

「それも後で考えてみれば、それほど危ない状況じゃなかった。情報を得るために危険な人物と会ったこともあるが、俺自身はそれほど危険にさらされているわけじゃなかった。つまり、どんな世界にも日常があり、その日常を逸脱しない限り、なんとか生きていけるというわけだ。紛争地帯と言われている場所でも、本当に危険なのはごく一部だけだ。そこで暮らしている人たちもいる」

「多くの難民が生まれている」

「経済的な問題は別だ。仕事がなくなり、生きていく術が奪われれば、その土地を捨てるしかない」

樋口は、迷ってから言った。

「こんなときに言うことじゃないかもしれないが……」

「何だ？」

「娘が海外でバックパッカーをやりたいと言っている」

「ほう……」

「あんたが俺なら、娘にどう言うか聞いてみたい」

「たまげたな。俺にアドバイスを求めるというのか？」

「だから、こんな状況でする話じゃないことはわかっていると言ってるんだ」

「そうだな……」

「どんな場所にも日常はある。だから経験してみるべきだ……。あんたは、そう言うのだろうな」

「いや、逆だな」

「逆……？」

「バックパッカーなどやめたほうがいい」

樋口は意外な思いで因幡の横顔を見た。

「バックパッカーなどやめたほうがいい……？　海外を放浪したあんたがそんなことを言うとは思わなかったな」

「俺は命を捨ててもいいと思っていたんだ。だから逆に危ない場面を切り抜けることもできた。開き直ることができたからな」

「なるほど……」

「旅をするのは悪いことではない。だが、目的のある旅をするべきだ。でないと、記憶にも残らない。ただ疲れ果てて、途中から日本に帰ることばかり考えはじめる。その土地のことなど眼に入らずにな……」

「経験した者でないと言えないことだな。それを娘に伝えておく」

33

車は六本木交差点を過ぎた。待ち合わせ場所に逆戻りだ。

そして、先ほどタクシーで通過した溜池交差点へ。直進して国会前を左折すればじきに麴町署だ。

だが、因幡は直進しなかった。溜池交差点を左折して、先ほどタクシーで通ったのと同様に赤坂見附方面へ向かった。

樋口は言った。

「麴町署に向かう道じゃない」

「そうだな」

「話は終わったはずだ」

「もうしばらく付き合ってもらおう」

「何だって……」

そのとき、携帯電話が振動した。天童からだ。樋口は即座に出た。因幡は何も言わなかった。

「はい、樋口」

「牧田詠子が保護を条件に『聖戦のための国際戦線』と関わりがあることを認めた。イランの組織の名前が効いた」

「テロの計画については……？」

「それはまだしゃべっていない。その後、因幡からの情報は？」

「まだ彼が運転する車に乗っています」

樋口はそう言いながら、あらためて今の状況を考えてみた。尾行を振り切り、因幡が運転する車に同乗している。

これでは拉致《らち》されたのも同然だ。もしかしたら、因幡は樋口を人質として利用するつもりではないだろうか。

しかし、何のために……。

考えられることはただ一つだった。

因幡はテロリストで、次のテロを実行するために、樋口を利用しようというのかもしれない。もし、そうだとしたら、シファーズすら囮《おとり》ということになる。

「そうか。こちらは、牧田詠子をさらに追及して、なんとしてもテロの計画を聞き出す」

樋口は迷いながら言った。

「こちらも因幡ともうしばらく話をしてみます」

「わかった」

電話が切れた。

樋口は因幡に言った。

「牧田詠子が、国際戦線との関わりを認めた。テロの計画について吐くのも時間の問題だ」

「それはよかった」

「あんたがテロの首謀者なのか？」

「何だって……」

「あんたが日本にやってきたとたんに、スリーパーだった牧田詠子やシファーズが目覚めた。誰だって、あんたがテロに関与していると考えるだろう」

「そう思っているのに、のこのこ俺に会いに来て、俺のためにレンタカーを借りてくれたわけか」

「天童さんがあんたを信用していた。だから俺も信用した」

「ならばそのまま信用していればいい」

車はまた渋谷方面へ向かっていた。

「いや」

樋口は言った。「今はもう信じられない。俺は拉致されたも同然だ。人質にされたと考えることもできる」

因幡が薄笑いを浮かべた。

「人質だって？　人聞きが悪いな」

「あんたがテロの首謀者だとしたら、すべて説明がつく。公安の尾行を振り切り、俺を車に乗せたまま走り続けている」

因幡はかぶりを振った。「考えが浅いな」

「そうかな。充分に考えられることだと思う。あんたと牧田詠子は実はつながっているのではないか？」

「どうしてそう思う？」

「言っただろう。タイミングだ。あんたが来日したとたんに爆発事件が起きた。牧田詠子とシファーズが活動を始めたんだ。そして、牧田詠子は国際戦線との関係を認める供述をした」

「あんたを車に乗せているのは、利用するためだと……」

「この状況なら、誰だってそう考えるだろう」

「危険と隣り合わせの紛争地帯で生き延びるために、一番大切なことは何かわかるか？」

「何だ？」

「敵と味方をちゃんと見極めることだ」

「何が言いたいんだ？」

「俺は敵じゃない。テロを未然に防ぎたいと言ったのは本当のことだ」

「それを信じろというのか。何も確証がないのに」

「そう。信じたほうがいい。でないと、大きな過ちを犯すことになる」

車は宮益坂上の交差点から渋谷駅前を過ぎ、再び六本木通りに出た。そして、六本木方面に引き返す。

でたらめに走っているのだろうか。樋口はそう思いながら言った。

「尾行を警戒しているんだな。テロリストたちと合流するつもりなんじゃないのか？」

「そう。やつらが現れるのを待つんだ。だが、合流するわけじゃない。彼らの目的を阻止するためだ」

「言ってるだろう。あんたが言っていることは何も確証がないから信じられない」

そのとき、樋口は唐突に気づいた。たしかに何も信じられない。

自分たちはまだ何一つ確証をつかんでいないのだ。シファーズがテロリストだという確証も、加羅夢がシロだという確証も……。ただ、防犯カメラの映像があるだけだ。

牧田詠子は『聖戦のための国際戦線』との関与を認めた。だが、どんな関係だったのだろう。それも確認されていない。

因幡は、牧田詠子がテロの実行部隊ではなく後方支援だと言った。その言葉の裏を取ることもできない。

樋口は、ただ都内を走り回るだけの車の中で、足元が崩れ去るような不安に襲われていた。

俺は今、何を信じればいいんだろう。誰の言葉を信じればいいのか……。

そして、その混乱の果てに樋口は思った。

そうだったのか……。

樋口は、因幡に言った。

「全部嘘なんだな」

「嘘……?」

「あんたが言ったことは、何もかもが嘘だ」

「そんなことはない。テロを防ぎたいと言っているのは本当のことだ」

「じゃあ、それ以外は全部嘘だったということだ」

「俺がどんな嘘をついたと……？」

「牧田詠子が『聖戦のための国際戦線』と関係があると言ったのは嘘だ」

因幡は何も言わない。樋口はさらに言った。

「あんたはシファーズや加羅夢のことを初めて聞いたような振りをしていたが、それも嘘だろう」

樋口の言葉に、因幡は薄笑いを浮かべて言った。

「俺は、嘘は言っていない」

「牧田詠子は国際戦線のメンバーではないはずだ」

「俺は、彼女がメンバーだとは一言も言っていない。関係があると言っただけだ」

「どんな関係だ？」

因幡は薄笑いを浮かべたままこたえる。

「どんな関係だと思う？」

樋口はその質問にはこたえず、言った。

「牧田詠子は国際戦線への関与を自供した。だが、それもなんだか妙だ」

「何がどう妙だというんだ？」

「ＶＥＶＡＫという組織の名前を聞いて自供したということだが、それは自供じゃない。あんたが言わせたんだ。あんたと牧田詠子は事前に打ち合わせをしていたんだろう。ＶＥＶＡＫという単語はおそらく合い言葉なのだ。その言葉が牧田詠子に伝わったら、彼女は国際戦線と関わっていると自供をすることになっていたんだ。そうだろう」

因幡は、かすかな笑みを浮かべているだけだ。

樋口は続けて言った。

「あんたも牧田詠子の仲間だったんだ。だから、すでにシファーズのことや加羅夢のことを知っていたはずだ」

因幡が肩をすくめた。

「まあ、それは否定しないがね……」

「テロを実行するために俺を人質にしたんだな」

「惜しいな」

因幡が言った。「牧田詠子と俺が仲間だというところまではいい。だが、その先が間違っている」

「牧田詠子は、シファーズの仲間だ。その牧田詠子と仲間だということは、あんたもシファーズの仲間だということだ」

そこまで言って、樋口は違和感を覚えた。理屈ではそうだが、シファーズと因幡がつながる気がしない。

「まさか……」

樋口は言った。「シファーズたちと牧田詠子は、本当は仲間じゃないのか……」

「ようやく気づいたのか」

樋口はしばし啞然としていた。その瞬間に、頭の中で目まぐるしく、すべての出来事が再構築されていった。

「待ってくれ……。いったいあんたは何者なんだ？」

「言っただろう。大切なのは、敵と味方を見極めることだって」

「あんたはテロリストと対立している。つまり、シファーズたちと戦っている。そのあんたと牧田詠子が同じ陣営だとしたら、考えられることはただ一つだ。牧田詠子はシファーズたちのグループに潜入しているスパイだ」

「スパイという言い方はちょっといただけないな。エージェントと言ってほしい」

「あんたはただのジャーナリストじゃないな」

「できれば、正体を明かさずにいたかったが、あんたらを相手に、それは無理だったな。やはり日本の警察は優秀だ」

「もう一度訊く。あんたは何者なんだ？」

「すでに名乗ったようなものなんだがな……」

樋口は、はっと因幡を見た。

「ＶＥＶＡＫか……」

「そう。俺も牧田詠子も、ＶＥＶＡＫ、つまりイラン情報省に雇われたエージェントだ。もともとは俺が雇われ、その後彼女とパキスタンで知り合って誘った」

「なぜ、イランの情報機関などに……」

「テロと戦うためだ。まあ、ＶＥＶＡＫもヒズボラを援助しているということで、アメリカからは経済制裁の対象とされているが、中東やアフガニスタンの状況はそれほど単純じゃない」

樋口は因幡に尋ねた。

「ヒズボラもテロ組織なんじゃないのか」

「レバノン内戦でできた組織だ。イスラエルに対して激しい敵意を燃やしているところは、実にイスラム的だと言える。レバノンに、イラン型のイスラム共和国を作ることを目的としている。癌細胞のような国際テロ組織とは違う。それに、ＶＥＶＡＫイコールヒズボラなわけではない。ヒズボラが組織されるときに、ＶＥＶＡＫなどイランの組織が訓練をした経緯があるだけだ」

因幡の話が全部理解できたわけではない。だが、樋口は中東の情勢が単純に善か悪かで割り切れるような問題でないことはよくわかっているつもりだ。

おそらく必要悪も認めなければならないのだろう。

部族間の争いもあれば、シーア派とスンニ派の対立もある。

ある人々にとって善であっても、他の人々には悪だということもある。

中東やアフガニスタンでは、そうした関係がモザイクのように入り組んでいることは容易に想像できた。

気づくと、車は六本木を過ぎて、溜池交差点にさしかかっている。今日ここを車で通過するのは三度目だ。

今度は直進する様子だ。

警視庁や麴町署のほうに向かっている。

車から降ろされるのだろうか。

樋口は思ったが、どうやらそうではなさそうだ。因幡は車を停める様子はなかった。

樋口は尋ねた。

「牧田詠子は、シファーズのグループに潜入し、さらにスリーパーとなっていたということか?」

因幡は認めた。

「そういうことだ」

「加羅夢に罪を着せようとしたのはなぜだ?」

「加羅夢は、シファーズに行動を起こさせるために利用させてもらった。牧田詠子が加羅夢のツイッターに気づいたのは偶然だった。だが、それがスリーパーを目覚めさせるきっかけになった」

「牧田詠子からあんたのところに連絡が入ったということだな? それであんたは日本に戻って来た……」

「ああ。帰ろうと思ったことはなかった。だが、帰ってみるとやはり懐かしい。特に、天童さんやあんたに会うと昔のことを思い出した」

「シファーズに行動を起こさせたのはなぜだ？」

「スリーパーは、そのままでは摘発も逮捕もできない。活動を始めない限り、ただの一般人だからだ。密かに抹殺する手もあるが、牧田詠子一人には無理だ。それに、スリーパーを殺せば殺人事件になり、殺害したほうが警察に追われることになりかねない。事件を起こさせて、警察に追わせたほうがいい」

「わからないな……」

「何がだ？」

「イランの情報省ならば、警察に協力を依頼すればいいんだ」

因幡は笑った。

「実に日本人的なおめでたい発言だ。いいか、ＶＥＶＡＫはアメリカから経済制裁の対象とされているんだ。アメリカの敵に、日本政府や司法機関が協力すると思うか？　西側諸国はＶＥＶＡＫをテロの支援組織としか見ていないんだ」

「しかし、あんたは、天童さんには接触した。協力を求めたじゃないか」

「利用できるチャンネルは利用させてもらう」

「だが、警察を敵と見なしていたわけじゃないだろう。ならばどうして牧田詠子や自分の身分を隠していた？」

「俺たちは用心しなければならない」

因幡は言葉を選ぶように間を置いてから続けた。

「我々がイラン情報省のエージェントだと知ったら、公安は身柄を拘束しようとするだろう。日本の公安とアメリカのＣＩＡは協力関係にあるからな」

「だが、あんたは『聖戦のための国際戦線』と戦っているんだろう？」

「敵の敵が味方とは限らない。そういう世界なんだ」

「牧田詠子は、現場近くで防犯カメラに写ったシファーズを加羅夢だと警察で証言した。捜査を混乱させたわけだ。その目的は何だ？」

「警察が不用意にシファーズに近づくのを防ぐためだ。やつらは用心深い。警察がへたに触ればたちまち姿をくらます」

「なめられたものだな」

因幡は肩をすくめた。

「事実だよ。日本の警察は優秀だと言ったが、うかつな面もある。本物のテロリストを相手にした経験が少ないからな」

「だが俺たちは、結局は彼女が事件に関わっていることに気づいた」

「警察はそうあるべきだな。牧田詠子が警察と接触した目的はもう一つある。警察がどこまで知っているのかを確認するためだ。俺たちは特に、公安に注意しなければならなかった」

樋口はかぶりを振った。

「気を許さず、欺きながら、警察を利用しようとしたわけか」

「利害は一致するだろう」

「しかし、わからないな……」

「何がだ？」

「イランの組織に雇われているあんたらが、どうしてわざわざ日本にやってきて、テロを阻止しようとしているんだ？」

「イラン国内では、テロが頻発している。バルーチ人武装集団、クルド人武装集団のペジャーク、そしてアラブ人武装集団などがテロを起こしている。イラン当局はテロリスト討伐作戦を続けている。『聖戦のための国際戦線』もその討伐作戦の対象となっている。それに、理由はもう一つある。こちらの理由のほうが単純明快でわかりやすい」

「何だ？」

「俺が日本人だからだ。日本国内のテロを許せない」

「日本に戻る気はなかったと言わなかったか？」

「それと、日本人であるということは別問題だ」

そんなものかもしれないと、樋口は思った。海外に出た者ほど日本を強く意識するようだ。

車は国会前を通過して内堀通りを左折した。そして、麴町警察署の近くを素通りした。

やはり因幡に、樋口と別れる気はなかったということだ。

「何が目的で車を走らせているんだ」

「待っている」

「待っている……？」

「そろそろ知らせが入る頃だ」

いったい因幡は何を言っているのだろう。樋口がそう思ったとき、携帯電話が振動した。

天童からだ。

「はい、樋口」

「シファーズが姿を消した」

「どういうことです？」

「公安の見張りをかわした。エース級の柳瀬たちをそっちに回したのが裏目に出たようだ」

「どこかに出かけたということですか？」

「単独で行動しているようだ」

「ちょっと待ってください」

樋口は携帯電話のマイクを手で押さえて因幡に言った。

「シファーズが、公安の監視を振り切って姿を消した」

因幡が即座に言った。

「牧田詠子に伝えてくれ」

樋口は尋ねた。

「伝える？　何を？」

樋口の問いに因幡はこたえた。

「牧田詠子にこう言うんだ。しゃべっていい、と」

「しゃべっていい？」

「そう言えばわかる。彼女は、テロ計画についてシファーズから何か聞いているはずだ」

しゃべっていいだと……。警察をばかにしているのか。樋口はそう思ったが、そんなことを言っている場合ではなかった。

樋口は電話の向こうの天童に言った。

「因幡が、牧田詠子にこう言ってくれと言っています。しゃべっていい、と……」

「それはどういうことだ？」

「今詳しく説明している時間はありません。簡単に言えば、因幡は牧田詠子と同じ陣営にいて、牧田詠子は事情があって警察を欺いていたということのようです」

一瞬の間があった。

「しゃべっていい。それでいいんだな？」

「そのようです」

「わかった。また連絡する」

電話を切ると、樋口は因幡に言った。

「牧田詠子が情報を持っているということは、あんたも知っているんじゃないのか？」

因幡はかぶりを振った。

「彼女とは頻繁に接触するわけにはいかなかった。連絡も最小限に抑えていた。だから、テロ計画について詳しく聞いているわけではない」

因幡はルームミラーに眼をやってからつぶやいた。

「さすがだな……」

「どうした?」

「あのシルバーメタリックの車に見覚えがあるだろう」

樋口は振り向いた。たしかに見覚えのある車だった。おそらく、柳瀬たちが乗っている車だろう。

「もう、まく必要はないだろう」

「ない。だが、捕まるわけにはいかない」

「彼らは監視しているだけだ。俺の身の安全を確保するためでもあると、公安の管理官が言っていた」

「やはり公安は、俺を危険視しているんだな」

「あんたらと同様に用心深いんだろう」

車は内堀通りを周回しはじめた。樋口はそれに気づいて尋ねた。

「どうやらこのあたりが目的地のようだな」

因幡はこたえた。

「ごく大雑把なことは聞いている。シファーズたちの目標は皇居周辺だということだ」

樋口は最悪の事態だと思った。

「まさか、皇居をテロのターゲットに……」

「それはわからない。皇居は警戒も厳重だから簡単に目標にできるとは思わない。だが、もしテロが成功したらその効果は絶大だ」

「『聖戦のための国際戦線』は、神道までをも敵対視するということか?」

「動機は宗教的なこととは限らない。国際テロ組織は、社会的な衝撃が大きければ大きいほど金になるんだ。中東では親日国も少なくない。一般的には日本のエンペラーは尊敬されている。だが、テロ組織は別だ。連中には他国に対する尊敬とか遠慮といった概念は一切ない」

車は相変わらず内堀通りを周回している。警視庁本部庁舎の前や麴町署の近くを通り過ぎる。樋口にとっては馴染みの風景だ。だがなぜか、今は違って見えていた。

携帯電話が振動して、樋口はすぐに出た。

「はい、樋口」

「天童だ。牧田詠子がテロの目標について供述した。おそらく靖国神社だろうということだ」

「靖国神社」

樋口が復唱すると、それを聞いた因幡がうなずいた。

34

因幡が運転する車は、ちょうど千鳥ヶ淵の信号を過ぎたところだった。正面に靖国神社の石鳥居が見えてくる。

因幡はルームミラーで後方を確認した。つられるように樋口も振り返って見た。シルバーメタリックの車がぴたりとついてくる。

因幡は、石鳥居の前を左折し、またすぐに右折した。参拝者用の駐車場に車を入れる。シルバーメタリックの車も駐車場にやってきた。

樋口と因幡が車を降りると、シルバーメタリックの車からも二人の男が降りてきた。助手席から降りてきたのが柳瀬、運転席からは佐藤。

彼らが近づいてくると、因幡が樋口に耳打ちした。

「公安が俺を拘束しようとしたら、俺はやつらを殺してでも逃げるぞ」

樋口は言った。

「そんなことにはならない。約束する」

柳瀬が樋口に言った。

「遊びは終わりですか？」

「遊んでいるつもりはありません」

「ここが終点なんですね？」

「指揮本部から聞いているでしょう」

柳瀬がうなずいた。

「梅田管理官から知らせがありました。靖国神社がテロの標的になっているということですね」

「シファーズが監視をまいて、姿をくらましたということです。おそらくここに現れます」

「指揮本部が応援を手配しているはずですね」

「応援が駆けつける前にテロが起きるかもしれない。手分けしてシファーズを捜しましょう」

そのとき初めて因幡が口を開いた。

「拳銃は携帯しているか？」

樋口はかぶりを振った。

「私は持っていない。あなたたちはどうです？」

柳瀬がこたえた。

「携帯しています」

因幡が柳瀬に言った。

「ならば、シファーズを見つけ次第撃つんだ」

樋口が言った。

「いきなり撃つわけにはいかない。銃の運用には規定がある」

「シファーズは警察官に気づいたらその場で爆弾を起爆するぞ。気づかれないうちに攻撃するしかない」

樋口はかぶりを振った。

「それは日本の警察のやり方じゃない」

「日本の警察のやり方が、世界の常識に合っているとは限らない」

「対応が甘いと言われようが、それが日本の警察だ。発見次第、検挙する」

佐藤が言った。

「俺は、撃つほうに賛成ですがね……」

樋口が佐藤に言った。

「そんなことができるか。参拝客だっているかもしれないんだ」

「爆発したら、流れ弾どころの被害じゃ済まないですよ」

「とにかく検挙だ」

佐藤より先に柳瀬が言った。

「わかりました。そちらの方針に従います」

「手分けして、シファーズを捜しましょう」

「了解しました」

柳瀬がこたえ、公安の二人はそれぞれ別の方向に進んでいった。

「俺たちも手分けするか?」

因幡が言った。

「いや、あんたから眼を離すわけにはいかない」

「俺はすべてを話した。理解してくれてもいいと思うがね」

「話は聞いたが、まだ納得したわけじゃない。それに、あんたがシファーズを殺してしまったりすると面倒なのでな」

樋口と因幡はシファーズの姿を求めて境内に歩を進めた。因幡が言う。

「やつは爆弾を抱えているんだ。それを検挙なんて眠たい話だ」

因幡の言いたいことはわかる。日本人は従順で秩序を重んじる。

大災害のたびに、暴動や略奪騒ぎがほとんど起きないことに、海外のメディアが驚きの声を上げる。

だから、自然に司法当局や警察官の対応も、海外に比べれば緩くなる。

だが、日本の警察官は決して間抜けなわけではない。やるべきときはやる。

携帯電話が振動した。天童からだった。

「はい、樋口」

「今どんな状況だ？」

「靖国神社に到着しています。公安の柳瀬と佐藤もいっしょです。手分けして、シファーズを捜しています」

「彼は爆弾を所持している恐れがあるのだろう」

「はい」

「だから、見つけても手出しをしてはならないと、ＳＩＴの浅井が言っている。俺もそのとおりだと思う」

樋口はこたえた。

「とにかく、彼を見つけることが先決だと思います」

「応援を派遣した。刑事、公安、双方の捜査員を合わせて二十人ほど。ＳＩＴもいる。場合によっては、警備部のＳＡＴも呼ぼうかと、部長たちが言っている。その到着を待つんだ」

「わかりました。現場の指揮は誰が執りますか？」

「ＳＩＴの浅井に頼もうと思うが、どうだ？」

「問題ないと思います」

「では、待機してくれ」

「はい」

「あ、それから……」

「何でしょう」

「因幡に伝えてくれ。彼の役割は終わった、と。牧田詠子ともども、後でゆっくり話を聞きたい」

「了解です」

電話を切ると、樋口は因幡に言った。

「シファーズを見つけても手を出してはいけない。そういう指示があった。じきに応援が駆けつける。指揮を執るのは特殊班だ」

因幡は四方に視線を走らせながら言う。

「その指示におとなしく従うつもりか」

「当然だ。指示を守ることで系統立った捜査ができるんだ」

「安全策を取ることで、かえって面倒が増すことがある。今回がそうだ」

「とにかく、勝手な行動は許されないんだ」

「あんたは上司の指示に従っていればいい。だが、俺はやりたいようにやらせてもらう」

「あんたに手出しはさせない。役割はもう終わった。天童さんもそう言っていた」

因幡がかすかに笑った。

「役割は終わっただって？　冗談じゃない。俺はテロを防がなければならないんだ」

「イランの情報省か何か知らないが、日本国内ではあんたに捜査や検挙をする権限はない。おとなしくしていてもらう」

因幡は笑みを浮かべたまま樋口の顔を見た。

「本当は、そうは思っていないんだろう？」

「何だって？」

「現場でしかわからないことがある。臨機応変が何より大切なんだ。俺は世界の紛争地帯でそれを学んだ。爆弾が降ってくる場所で、どこか遠くから下される指示なんて何の役にも立たない。自分の判断で行動しないと、あっという間に死んじまうんだ」

「ここは戦場じゃない」

「爆弾を持ったやつがうろついているんだ。戦場と同じだ。だが、指揮本部だか何だか知らないが、そこにいる連中には本当の危機感が伝わらないんだ」

樋口はかぶりを振った。

「へたにシファーズと接触すると、その場で爆発が起きて、多くの犠牲者が出る恐れがある。応援とSITの指示を待つんだ」

因幡のほほえみが消えた。

樋口は因幡の表情の変化に気づいて尋ねた。

「どうした？」

「シファーズだ。一人のようだ。急に振り向くなよ」

「どこだ？」

「あんたの後方約二十メートル。鳥居のところだ」

樋口は、観光客があたりを見回すような仕草で振り向いた。

因幡が言ったのは第二鳥居だ。その向こうに神門があり、さらにその奥に中門鳥居があって拝殿・本殿等の施設がある。

午後六時閉門なので、参拝客の姿はない。

因幡がそちらに向かおうとした。

「待て」

樋口は言った。「手を出すな。待機だ。今、天童さんに連絡をする」

「あんたは勝手に待機していろ。向こうはまだこちらに気づいていない。押さえるなら今だ。応援が来てからでは手遅れだ」

「手遅れ？　どういう意味だ」

「応援の警察官が境内の捜索を始めたら、シファーズはきっと気づく。やつは検挙される前に自爆するぞ」

因幡の歩みは止まらない。樋口はなるべく不自然な様子は見せないように言った。

「シファーズは前回、自爆はしなかった。今回もどこかに爆弾を仕掛けるだけなんじゃないのか？」

「そうかもしれない。だが、検挙されそうになったとたんに、自爆に切り替えるだろう。その隙を与えずに制圧するんだ。狙撃銃があれば、すぐに撃つべきだ」

樋口は迷っていた。現場でしかわからないことがあると、因幡は言った。そのとおりだと思った。

そして、今シファーズを制圧しないと面倒なことになるというのも、因幡の言うとおりかもしれない。

だが、触れずに応援を待てという天童の指示ももっともだ。危険は避けるべきなのだ。

シファーズは第二鳥居をくぐり、奥のほうに進んでいく。比較的ゆっくりとした足取りだ。

バックパックを背負っているが、その中に爆弾が入っているに違いない。

因幡が言った。

「通常の逮捕のように声をかけたりするなよ。相手が気づく前に取り押さえる。それしか方法はない」

「危険だ。衝撃で爆弾が爆発する」

因幡が苦笑した。

「シファーズたちが使用するのはC4だ。安定した爆薬だから衝撃で爆発したりはしない。雷管に通電しない限り爆発はしない」

「しかし……」

「戸惑っていると失敗する。迷っているなら、離れていてくれ。俺一人でやる」

因幡の自信に揺るぎはない。樋口は、考えた。

迷っているときではない。今決断をしなければならない。拘束してでも因幡を止めるか。それとも、因幡とともにシファーズを検挙するか……。

まだ応援の姿はない。SITからの連絡もない。

樋口は深呼吸した。

絶対にテロを起こさせない。その気持ちに変わりはない。その思いに素直に従うまでだ。

結論が出た。

「わかった。やろう」

因幡がうなずいた。

「起爆装置のスイッチを押させてはいけない。瞬時に相手の抵抗力を奪う」

「どうやって？」

「あんたが手を押さえてくれ。俺は脇からなんとかやつを眠らせる」

「眠らせる……？」

「あんたも術科で柔道の絞め技を経験しているだろう」

「絞め落とすには時間がかかる」

「時間がかからない方法もあるんだ」

因幡の接近の仕方は実に巧妙だった。樋口も尾行の訓練を受けているので、彼のテクニックがいかに優れているかが理解できた。

因幡の足を引っぱるわけにはいかない。樋口も尾行の技術を駆使することにした。

因幡は木々や建物を利用し、常に自分の姿を対象者の死角に置いている。樋口も充分に注意した。

尾行には二通りある。気づかれないようにやる方法と、気づかれてもいい方法だ。刑事がやるのは後者が多い。

対象者に気づかれても、プレッシャーをかけることができればいいわけだ。

だが、今回はちょっと違う。シファーズに気づかれる前に制圧する必要があるのだ。

シファーズは樋口の顔を覚えているだろう。顔を見られないように、背後から近づくしかない。

建物や鳥居の陰などを利用しつつ、因幡は巧妙にシファーズに近づいた。

樋口もそれに従っている。駆け寄ればすぐに制圧できる距離に思えた。大げさに言えば、手を伸ばせば届きそうな距離だ。

さて、問題はここからだ、と樋口は思った。

警察は相手がどんな凶悪犯であれ、まず声をかける。身柄を拘束するかどうかは相手の出方次第だ。たいていは任意同行を求めることになる。

だが、因幡は声をかけるなと言った。

いったいどうするつもりだろうと樋口が思っていると、因幡がそっと言った。

「いいか？　やつが起爆装置のスイッチを入れないように、すぐに両手を押さえろ」

樋口も小声で言い返す。

「待て、何をする気だ」

因幡はこたえず、樋口の横から飛び出した。シファーズとの距離を一気に詰めた。樋口は思わず声を上げそうになった。

シファーズが振り向く。その瞬間に、因幡は顔面に拳を飛ばしていた。

拳がシファーズの顎を捉える。

急に酒に酔ったようにシファーズが千鳥足になる。因幡は樋口に向かって大声で言った。

「両手を押さえろ」

樋口は揉み合っている二人に近づき、言われたとおりシファーズの両手を封じようとする。刑事はこの作業には慣れていた。樋口はあっという間にシファーズの両手に手錠をかけた。

因幡はシファーズの背後に回り、バックパックの脇から腕を伸ばして首に巻きつけた。バックパックが邪魔でやりにくそうだが、なんとか肘を相手の顎の下にもっていく。そして、前腕と二の腕でシファーズの首の両側にある頸動脈を締め上げた。

シファーズは激しく抵抗したが、因幡は動じない。樋口は手錠をかけたシファーズの両手を押さえていた。

シファーズの抵抗が急速に弱まっていった。やがて彼はぐったりと力を失った。落ちたのだ。そのとき、ばたばたと駆け寄ってくる複数の靴音が聞こえた。応援の捜査員たちが駆けつけたのだ。

先頭にはＳＩＴの浅井の姿があった。

樋口は浅井に言った。

「爆弾を背負っている恐れがある。みんなを下がらせろ」

「爆発物処理班がいる。樋口さんも下がってくれ」

樋口はバックパックを背負ったまま倒れているシファーズを見た。

「早く」

ＳＩＴの浅井係長にうながされて、樋口はその場を離れた。

爆発物処理車両がゆっくりと境内に入ってきた。そして、ごついロボットのような防爆防護服に身を固めた爆発物処理班の機動隊員がシファーズに近づいていく。

肩紐をナイフで切り、慎重にシファーズの背中からバックパックを取り外す。

爆発物処理班の隊員はそのバックパックに液体窒素を吹きつける。瞬間的に爆薬を冷却・冷凍するためだ。

そうしておいて、バックパックを爆発物処理車両のタンクの中に入れる。そして厳重に蓋を閉めた。

時限爆弾等の爆発物の処理は、基本的にはこのタンクの中で爆発させてしまうことだ。

処理車が去ると、シファーズが担架で運ばれていった。身柄は麴町署に運ばれることになるだろう。

樋口はその様子を眺めていた。携帯電話が振動してはっとした。さぞかし自分は間抜けな顔をしていただろうと思った。

「はい、樋口」

「天童だ。シファーズの身柄を確保したそうだな」

「はい。背負っていたバックパックは、今爆発物処理車両のタンクに収納して運び出しました」

「話を聞いて肝を冷やしたぞ。結果オーライだが、指示に従わず、シファーズに接触したのはなぜだ？」

「応援を待っていては手遅れになるという因幡の言葉に従おうと思いました。現場の判断です」

「現場の判断」

「はい」

「今、ＳＩＴと公機捜の連中で、シファーズの仲間がいないかチェックをしている。あとは彼らに任せて、因幡を連れて戻ってくれ」

そう言われて、樋口は慌てて周囲を見回した。因幡の姿がない。

「因幡が姿を消しました」

「姿を消した？」

「シファーズ制圧と、爆発物処理の混乱の最中に、この場から立ち去ったものと思われます」

「話を聞く予定だった」

「すみません」

しばらく間があった。天童は怒りを鎮めようとしているのかもしれないと、樋口は思った。

「とにかく、戻ってくれ」

電話が切れた。

俺はいったい、何をやっているのだろう。

天童は「結果オーライだ」と言った。一歩間違えれば、自分は爆発に巻き込まれて死んでいたのだ。

今さらながら、そう思うと恐ろしくなってきた。急に膝や手が震えはじめた。激しい緊張が解けたせいで、ひどい疲労感もある。

立っているのがやっとだと思っていると、声をかけられた。

「だいじょうぶですか？」

顔を上げると柳瀬と佐藤がいた。

「だいじょうぶだ」

「顔色が悪いですよ」

「それより、因幡を見なかったか？」

「いっしょじゃなかったんですか」

「いつの間にか姿を消した」

「彼はテロを防いだのですね」

「そうだな」

「何者だったのでしょう」

「VEVAKに雇われたエージェントだと言っていた」

「イラン情報省の……？　本当でしょうか」

「さあな。本当かどうか俺にわかるものか。車を持っていたな。麴町署まで乗せていってくれないか」

「いいですよ。我々も指揮本部に戻りますので」

佐藤が運転席に、柳瀬が助手席に座った。樋口は後部座席に乗り込んだ。

車が走り出すと、樋口はひどく気分が滅入っているのを自覚した。天童の指示を守らず、シファーズに接触したのはやはり間違いだったのではないかと思いはじめていた。

自分は幸運だったに過ぎないのではないだろうか。運が悪かったら、シファーズは起爆装置のスイッチを入れて、爆弾が炸裂していたかもしれない。

あのときは因幡の判断に従うべきだと思っていた。だが、それが正しかったのかどうかわからない。

さらに、因幡を連れて来いと言われていたのに、気がついたら彼は姿を消していた。間抜けな話だ。

自分が天童なら決して許さないだろうと思った。

しばらく時間がほしかった。だが、靖国神社から麴町署までは十分もあれば着いてしまう。

こういうときに限って信号も青ばかりだ。ほどなく麴町署に着いてしまった。ともあれ、詳しく天童に報告しなければならない。

重い足取りで指揮本部に向かった。

35

出入り口から指揮本部の中の様子をうかがった樋口は思わず立ち尽くしていた。

管理官席の天童の脇に立っているのは、間違いなく因幡だった。

天童が樋口に気づいて声をかけてきた。

「おう、ヒグっちゃん。ご苦労だった」

因幡が樋口のほうを見て、かすかな笑みを浮かべる。

どういうことだ。どうしてここに因幡がいるんだ。樋口はそう思いながら、管理官席に近づいた。

またしても自分は、さぞかし間抜けな顔をしていただろうと、樋口は思った。因幡といっしょにいると、なぜかこうなってしまう。

天童が樋口に言った。

「牧田詠子との関わりや、日本にやってきた経緯を、因幡が話してくれた」

樋口は因幡を見た。

「パキスタンで出会って、彼女をエージェントにスカウトしたことも？」

因幡はうなずいた。

「話した」

その場には、梅田管理官と塩崎もいる。二人の表情は対照的だった。

梅田管理官は満足そうな顔をしているし、塩崎は狐につままれたような表情だった。

梅田管理官は諜報機関などの話に慣れているのだろう。だが、刑事の塩崎にはまるで別世界の話なのだ。

樋口だって納得しているわけではない。だが、受け容れるしかないと思っていた。

樋口は天童に尋ねた。

「それで、牧田詠子はどうなるんですか?」

「彼女は、現場近くにいた人物をシファーズではなく加羅夢だったと証言しただけだ。そして、それは嘘ではなかった」

「ネットで彼に接触して、事件の日に図書館に呼び出したんです」

梅田管理官が言った。

「それは偶然だよ」

「偶然……」

樋口は梅田管理官に言った。「彼女は、大学構内に潜伏し、そこで身柄を拘束されたんですよ」

梅田管理官は肩をすくめた。

「大学図書館で働いている彼女が、大学構内にいても何の不思議もないだろう」

なるほど、と樋口は思った。おそらく公安は因幡と何らかの取り引きをするつもりだ。

因幡はある条件を提示し、牧田詠子の身柄を解放するように求めたのだ。そのためにここにやってきたのだろう。その条件とは、公安にとって価値がある何かの情報なのだろう。

因幡が公安に提供できる情報とは、テロ対策に必要な中東の情報に違いない。

公安は、それが牧田詠子の身柄との交換条件として価値があるものと判断したのだろう。梅田管理官の態度でそれがわかる。

樋口は天童に尋ねた。

「加羅夢はどうしますか？」

「シファーズが現行犯逮捕されたんだ。これ以上拘束する必要はないな」

「では、すぐに釈放していいですね」

「いいだろう」

因幡が言った。

「では、俺も引きあげることにします。牧田詠子の身柄をいただいていきます」

おや、と樋口は思った。

「口調が変わったな。今まではタメ口だったのに」

因幡が苦笑した。

「警察署に来ると、昔のことを思い出しましてね。その頃の習慣に戻ってしまうようです」

そんなものかもしれない。因幡はまた国外に出て、樋口が想像もできないような生活を続けるのだろう。彼が警察の雰囲気を懐かしいと思っているのは確かだった。

それは一瞬の回帰なのだろう。もしかしたら今でも因幡は、ここが本来の居場所だと感じているのかもしれない。

海外を放浪しているうちにテロと戦う道を選択したのもそのせいに違いない。

樋口は因幡に言った。

「あんたをテロリストではないかと疑ったことは済まないと思っている」

「驚きましたね。そんなことでいちいち謝罪する刑事がいるとは思いませんでした。疑うのは当然のことでしょう」

天童が言った。

「ヒグっちゃんはそういうやつなんだよ」

「そう言えば」

因幡が樋口に言った。「娘さんが海外でバックパック旅行をしたがっているということでしたね」

「ああ……」

ここでする話ではないなと思いながら、樋口は曖昧にうなずいた。

「あらためて俺の意見を言わせてもらいます。情報を収集して危機を回避する能力がないのなら、やめたほうがいいと思います」

樋口はうなずいた。

「わかった。娘にはそう伝えよう」

「では、俺はこれで……」

因幡は天童に向かって、挙手の敬礼をした。

天童が笑った。

「室内で挙手の敬礼をする警察官はいないぞ」

「自分はもう警察官ではありませんから」

天童は笑顔のまま、挙手の敬礼を返した。

因幡は指揮本部を出て行った。おそらく、もう会うこともないだろうと思いながら、樋口はその後ろ姿を見送っていた。

加羅夢はすっかり退屈しきっている様子だった。保護室といっても居心地は決してよくない。一刻も早く出て行きたがっているのは明らかだ。

樋口が、拘束を解くことを告げると、彼は心底ほっとした顔で言った。

「本当にもう帰っていいんですね」

「はい。長時間にわたるご協力を感謝します」

本来は礼を言うのではなく謝罪すべきかもしれないと、樋口は思った。だが、警察官はこういう場合、謝ったりはしない。その習慣に従うことにした。

「……ということは、テロリストは捕まったのですか?」

「捕まりました」

「よかったですね。それで、僕に本を貸してくれた女性は……」

「事件とは関係ありません。ご安心ください」

牧田詠子が事件と無関係というのは、正しい言葉とは言えない。樋口は加羅夢に本当のことを伝える必要はないと思った。嘘も方便だ。

加羅夢が署をあとにしたのは、午後九時過ぎのことだった。

指揮本部に戻ると、すでに捜査幹部の姿はなかった。天童が樋口に言った。

「今、シオにも言ったところだが、シファーズの取り調べは公安が担当することになった。テロ事案は終結ということで、指揮本部は解散になった」

梅田管理官がそれに続いて言う。

「取り調べはエースの柳瀬が担当すると思う。現行犯逮捕だから、本人が何もしゃべらなくても起訴はできるが、この際だからいろいろと聞き出そうと思う」

樋口は言った。

「シンヨー自動車販売の経営者や従業員は？」

天童がこたえた。

「全員検挙した。そちらも今、公安が取り調べをしている」

塩崎が言った。

「俺たち刑事の出番は終わりということらしい」

梅田管理官が笑いながら言った。

「何も刑事をないがしろにしているわけじゃない。役割分担だよ。今回は我々公安と刑事がうまく協力できた。この指揮本部が今後の手本になればいいと思う」

今ではこうした物言いが、梅田管理官の本音であることが、樋口にはわかっていた。同じ警視庁の部署同士が反目し合うのはまったく意味がない。梅田管理官の言うとおりだと、樋口は思った。

天童が言った。

「では、いつものとおり、送検のための書類を作成して終わりにしよう」

これから膨大な書類仕事が待っている。それでも、シファーズを逮捕し、テロを防いだという達成感と充足感で気分は軽い。

樋口と塩崎は係員たちを指揮して書類作りを始めた。

午後十時頃、樋口は氏家に電話をした。

「おう。爆弾テロの犯人を逮捕したんだって？」

「ああ。指揮本部は解散だ」

「家に帰れるのか？」

「書類作りがもう少しかかる。帰るのはおそらく終電近くじゃないかな……」

「そうか。ともあれ、よかった」

「帰ったらすぐに、照美と話をしようと思う。バックパック旅行には反対だと、はっきり言うつもりだ」

「あ……」

氏家が一瞬、言葉を呑んだ。「ああ、それがいい」

その一瞬の間の意味がわからなかった。気になって尋ねようとすると、氏家が言った。

「照美ちゃんと話をした後で、どういう結果になったか教えてほしいな。どうだ、久しぶりに一杯」

「そうだな。週明けにでも」

「了解だ」

電話が切れた。

それからしばらく書類作りが続き、思ったとおり帰宅は終電ぎりぎりになった。

麹町署を出て電車に乗ると、疲れがどっと出た。このままベッドにもぐり込んで眠りたい。

だが、照美と話すのは急務だ。ぐずぐずしていると旅行の手続きを終えてしまうだろう。

それからでもやめろと言えなくもないが、やはりさまざまな手配をする前に考え直すように言いたい。

なにせあの因幡が反対だと言ったのだ。

彼は海外で、樋口が想像もできないような苦労をしたはずだ。他人にはそうした苦労をしてほしくないということだろう。ましてや、照美は若い女性だ。多くの危険がつきまとう。

36

自宅に着いたのは、午前一時半頃だが、やはり照美は起きていた。

部屋にいたので、リビングルームまで来るように、妻の恵子に言ってもらった。

照美はすぐにやってきた。

「お帰りなさい」

「ああ。まあ、座りなさい」

照美は一瞬ためらいを見せたが、結局言われたとおりソファに腰かけた。

「旅行のことだが、はっきり言っておく。バックパッカーには反対だ。おまえは海外の危険についての認識が甘いと思う」

照美の反撃に対して身構えた。

「バックパック旅行が危険だとは限らない。何事もなく帰ってきている人がほとんどなのよ。ちゃんと事前に調査をしておけばだいじょうぶ」

「その認識が甘いと言ってるんだ。海外を長い間放浪した知り合いも、バックパック旅行には反対だと言っていた」

照美が黙った。何事か考えているので、樋口は娘の言葉を待つことにした。

「わかった」

照美が言う。「バックパック旅行は諦める。その代わり、ヨーロッパの美術館巡りのツアーに行ってくる」

「え……」

樋口は話の意外な展開に面食らった。

「美術館巡り……」

「二週間のパックツアー。それならいいでしょう」

「そりゃ、パックツアーなら安心だろうが……」

樋口は恵子の顔を見た。なんだか笑いをこらえているように見える。

「そう言ってくれると思った。じゃあ、ツアー申し込むね」

樋口は何も言えなかった。ヨーロッパのツアーだから安全とは限らない。どこでテロが起きるかわからないご時世だ。だが、そんなことを言いはじめたら、何もできなくなってしまう。

「母さんは何と言ってるんだ？」

「父さん次第だって」

下駄を預けられたな……。

樋口は折れた。

「わかった。二週間だな」

照美が勝ち誇ったような笑みを浮かべた。

「交渉術を心得ていた」

氏家と居酒屋で会い、酒を酌み交わし、樋口は言った。「最初に無理難題を突きつけ、一気にハードルを下げたんだ」

「照美ちゃんの旅行の件か」

「そう。あいつは最初からバックパッカーなんてやるつもりはなかったんだ。海外旅行に行くというだけで俺が反対すると思ったんだな。だから、最初に難しい条件を提示した。それを諦める振りをして、次にヨーロッパの美術館巡りに行くと言い出した。おそらくそっちが本命だったんだ」

「なるほど、なかなか見事な交渉術だ」

樋口は氏家を見た。

「おまえ、知ってたんじゃないのか?」

「何を?」

「照美の計画についてだ」

氏家がにっと笑った。

「おまえは何を言っても反対するだろうからな」

電話したときに、妙な沈黙があった。その理由が今わかった。

樋口は言った。

「あいつもいずれ俺のもとを飛び立っていく。言いたいことが言えるのも今のうちなんだよ」

氏家が笑みを浮かべたまま言った。

「みんなどこかへ飛び立つ。だがいつか、戻るべきところへ戻って来る。そうは思わないか」

樋口はその言葉についてしばらく考えていた。そして、なぜか因幡のことを思い出していた。

「そうだな」

樋口はうなずいた。

装幀・写真　遠藤拓人

この作品は「日刊ゲンダイ」（二〇一六年五月十日〜十一月四日）の連載を加筆、修正したものです。

〈著者紹介〉
今野 敏　1955年北海道生まれ。上智大学在学中の78年、「怪物が街にやってくる」で第4回問題小説新人賞を受賞。東芝EMI勤務を経て、82年に専業作家となる。2006年、『隠蔽捜査』で第27回吉川英治文学新人賞を受賞。08年、『果断　隠蔽捜査2』で第21回山本周五郎賞ならびに第61回日本推理作家協会賞（長編および連作短編集部門）を受賞。他に『リオ　警視庁強行犯係・樋口顕』『ビート　警視庁強行犯係・樋口顕』『廉恥　警視庁強行犯係・樋口顕』『継続捜査ゼミ』など著書多数。

回帰
警視庁強行犯係・樋口顕
2017年2月20日　第1刷発行

GENTOSHA

著　者　今野 敏
発行者　見城 徹

発行所　株式会社 幻冬舎
〒151-0051 東京都渋谷区千駄ヶ谷4-9-7

電話：03(5411)6211(編集)
03(5411)6222(営業)
振替：00120-8-767643
印刷・製本所：中央精版印刷株式会社

検印廃止

万一、落丁乱丁のある場合は送料小社負担でお取替致します。小社宛にお送り下さい。本書の一部あるいは全部を無断で複写複製することは、法律で認められた場合を除き、著作権の侵害となります。定価はカバーに表示してあります。

©BIN KONNO, GENTOSHA 2017

Printed in Japan
ISBN978-4-344-03068-8 C0093
幻冬舎ホームページアドレス　http://www.gentosha.co.jp/

この本に関するご意見・ご感想をメールでお寄せいただく場合は、
comment@gentosha.co.jpまで。